प्रभास

कथा संग्रह

तृषार

RG books

books

Published By

Redgrab Books Pvt. Ltd.

942, Mutthiganj, Prayagraj, 211003

www.redgrabbooks.com

contact@redgrabbooks.com

First published by Redgrab Books in 2022
Copyright © 2022 Redgrab Books Pvt. Ltd.

Copyright Text © 2022 Trushar
Printed and bound in India
Cover Design & Typesetting by Redgrab Books team

ISBN : 978-93-95697-04-0

समर्पण

जन्मदात्री ममतामयी मूर्ति
मेरी सद्गत माता की
पवित्र स्मृति में समर्पित

प्रस्तावना

भारतीय उपखंड में सरस्वती सभ्यता से लेकर अभी तक अनेक घटनाएँ घटी हैं, जिनमें से कुछ को लिखा गया है लेकिन अनगिनत प्रसंग अज्ञात ही भुला दिए गए हैं। विदेशी आक्रांताओं के क्रूर आक्रमणों ने भी साहित्य और ज्ञान के लोप में महत्वपूर्ण भूमिका निभाई है।

नदियों के किनारे गाँवों तथा नगरों का बसना पुरातन काल से चला आ रहा है। इसके उपरांत समुद्र देश-विदेश के साथ व्यापार वाणिज्य का महत्वपूर्ण माध्यम होने के कारण समुद्र तट पर भी मानव जीवन का विकास हुआ है। प्रभास क्षेत्र में हिरण्य, कपिला तथा सरस्वती जैसी पवित्र नदियों का संगम और समुद्र तट की सुविधा ने परापूर्व से ही इस भूमि पर नगर बसा दिया होगा।

इस संग्रह की पहली कथा "अच्युतानन्तगोविंद" मेरे मनोभावों में वर्षों से चल रही थी। वाल्मिकी जी की रामायण और वेदव्यास जी रचित महाभारत दो ऐसे ग्रंथ हैं जिनका अभ्यास एक साथ किया जाना आवश्यक है। मैंने जब-जब यह कथाएँ पढ़ी हैं तब-तब इसमें से नवीनतम नवनीत पाया है। इस कथा में मैंने श्री राम तथा श्री कृष्ण के अवतारों का एक-दूसरे से सम्बन्ध दर्शाया है। लेकिन इन ग्रंथों का विस्तृत अध्ययन किया जाए तो ऐसे ही अनेक कर्म सम्बन्ध हमारे सामने उपस्थित होते हैं। उदाहरण के तौर पर सूतपुत्र के संबोधन से अपमानित किए जाने वाले राधेय कर्ण की मृत्यु रथ के फंस जाने से होती है और द्रौपदी को जांघ पर बैठाने की मंशा रखने वाले दुर्योधन की मृत्यु का कारण जांघ पर लगे घाव बनते हैं। इन सब प्रसंगों का अध्ययन और उनका समग्र रूप में चिंतन करना किसी बड़े शोध को जन्म दे सकता है।

इस कथा का नायक अपने जीवन की कठिनाईयों से जूझ रहा है। ऐसी परिस्थिति में उसका योगीराज अवधूत से भेंट होना उसके पूर्व जन्म के कर्मों का संचय ही प्रतीत होता है। पूर्ण पुरुषोत्तम श्री कृष्ण और मर्यादा पुरुषोत्तम श्री राम के जीवन के प्रसंगों में जो कर्म का सिद्धांत छुपा कर रखा गया है उसके विषय में बात करती यह कथा कहीं ना कहीं मुझे अपने जीवन में आ रही कठिनाइयों से लड़ने को प्रोत्साहित करती है। इक्कीसवीं शताब्दी के तनावपूर्ण जीवन में आशा और उत्साह का संचार हो और पाठक अपने जीवन में रामायण तथा महाभारत के आदर्शों का अनुसरण करें, इसी उद्देश्य से यह कथा लिखी गई है।

दूसरी कथा "प्रणय निवेदन" में सोमनाथ महादेव के साथ चँद्रदेव और नक्षत्रों की कथा जुड़ी हुई है। इस कथा में भी पात्रों के माध्यम से मैंने पौराणिक

कथा को समसामयिकी की कुछ बड़ी समस्याओं के समक्ष रखने की कोशिश की है। सुधाकर और सुलग्ना के चरित्रों के माध्यम से आज की पीढ़ी की दुविधाएँ और उनका समाधान ढूँढने का प्रयास किया है। इस कथा में सोमनाथ मंदिर के दक्षिण भाग में स्थित रहस्यमयी बाण स्तंभ के माध्यम से भारतीय विद्वानों के खगोलीय पिंडों के विषय में ज्ञान तथा समय की गर्त में समा चुके पुरातन खगोलशास्त्र को भी पाठकों के सामने रखने की चेष्टा की है।

"प्रणय निवेदन" की कहानी में सदियों से मूक खड़े स्तंभ द्वारा सुधाकर और सुलग्ना का मार्गदर्शन करना पूर्ण रूप से काल्पनिक होने के बावजूद यह प्रसंग पुरातत्व अवषेशों में मिले संकेतों का चित्रण है। वैसे तो प्राचीन काल के बहुतायत स्थापत्य खगोलशास्त्र के जीते-जागते उदाहरण हैं। दिल्ली, मथुरा और उज्जैन में निर्मित जंतर-मंतर के विषय में भी काफ़ी कुछ लिखा जा सकता है लेकिन इस कथा में कर्कोटेश्वर महादेव का उल्लेख करना अत्यावश्यक था।

हमीर जी गोहिल, एक ऐसे वीर जिन्होंने मंदिर की रक्षा के लिए अपने प्राणों की आहुति दी, का नाम गुजरात में बड़े आदर और सम्मान से लिया जाता है। संग्रह की तीसरी कथा "मेरे सोमनाथ" हमीर जी गोहिल की शौर्यगाथा पर आधारित है। गाँवों में हमीर जी की वीरता से भरे किस्से को गीतों के माध्यम से जीवित रखा गया है किन्तु दुर्भाग्यवश नगरों में पलने वाले बच्चों तक यह कथाएँ नहीं पहुँच पाती। यह कथा गुजराती लोकोक्तियों में अलग-अलग प्रकार से कही गई है। इन कथाओं में बहुत अंतर भी है जिसके प्रमाण ढूंढने से अधिक आवश्यक है कि इन वीरों की गाथाओं को आगामी पीढ़ी से परिचित कराया जाए।

कथा में भील योद्धा वेगड़ा जी की पुत्री के विषय में भी काफी मत-मतांतर हैं। कुछ कथाओं में वेगड़ा जी को राजबाई के पालक पिता के रूप में बताया गया है। इन कथाओं के अनुसार वेगड़ा जी ने राजकन्या राजबाई के पिता को मृत्यु के समय दिए वचनानुसार उसकी अपनी पुत्री की तरह देखभाल की थी।

अधिकांश यात्री और पर्यटक अपनी यात्राओं में संग्रहालयों की उपेक्षा करते हैं। संग्रहालयों का भ्रमण करने वाले यात्री भी उसमें रखे गए नमूनों का अभ्यास करने का कष्ट नहीं उठाते। पुरातत्व के इन अवषेशों में अनेक कथाएँ छुपी होती हैं, जिनको जानना, समझना एक राष्ट्र के बने रहने का आधार है।

यदि यह कथा "यहाँ क्या हुआ था?" पढ़ने के बाद पाठक अपनी यात्राओं में संग्रहालयों में रुचि लेते हुए इनका अभ्यास करेंगे तो इस रचना को लिखने का उद्देश्य सफल होगा।

आगामी पीढ़ी के विद्रोही स्वभाव को यदि सही दिशा दी जाए तो उसका उपयोग राष्ट्रनिर्माण में बहुत अच्छी तरह से किया जा सकता है। लेकिन इसके

विपरित जोश से भरे युवाओं को क्रांति और आधुनिकता के नाम पर पथभ्रष्ट किया जाता है और यह स्वतंत्र भारत की सबसे बड़ी समस्या है।

राष्ट्रद्रोही तत्वों द्वारा युवाओं को भटकाने का प्रयास अधिकांश किस्सों में सफल होता है और इसमें माता-पिता और शिक्षकों द्वारा किया गया दुर्लक्ष भी कारणभूत है।

"शिक्षित-अशिक्षित" नामक इस कथा में अधिकारों का हवाला देते हुए बच्चों को मानसिक रूप से विकलांग करने वाली इस विचारधारा को अनावृत्त किया गया है। अधिकार और कर्तव्य एक ही सिक्के के दो पहलू हैं और अधिकारों की प्राप्ति करने के लिए भी कर्तव्यों का निर्वहन करना अत्यावश्यक है।

संग्रह की अन्तिम कथा "वह अमावस्या की रात" में सप्त मातृकाओं के माध्यम से मनुष्य के दुर्गुणों को पहचानने का और उनको निर्मूल करने का प्रयास किया है। यह कहानी एक ऐसे भ्रष्ट व्यक्ति की है जिसका सप्त मातृकाओं की कथा सुनने के बाद मानस परिवर्तन होता है और उसे सत्मार्ग पर चलने की प्रेरणा मिलती है।

इस कथा का मूल मत्स्य पुराण में है। अन्य ग्रंथों में सप्तमातृकाओं के विषय में भिन्न-भिन्न कथाएँ तथा विवरण मिलते हैं। एक ओर जहां इन्हें संहारक की भूमिका में देखा गया है तो कुछ स्थानों पर उनके पालनकर्ता वाले मातृत्व भाव का भी विस्तृत वर्णन मिलता है।

सुप्रभेद आगम के अनुसार ब्रह्मा ने निर्ऋत्ता के विनाश हेतु इन मातृकाओं को उत्पन्न किया था। वराह पुराण के अनुसार मातृकाओं की संख्या आठ बताई गई है जिसमें योगेश्वरी का उल्लेख आठवीं मातृका के रूप में किया गया है। नेपाल में भी अष्ट मातृका का ही शिल्पांकन किया जाता है।

मातृकाओं की उत्पत्ति को लेकर देवी पुराण में विभिन्न देवताओं की शक्ति के स्त्रीरूप में अवतरित होने का वर्णन है तो इसी पुराण में अन्य एक स्थान पर दुर्गा कहती हैं कि यह सभी मेरे ही रूप हैं और अंत में मुझ में ही समाहित होंगे।

मार्कंडेय पुराणानुसार रक्तबीज राक्षस का वध माँ अंबिका ने सप्तमातृकाओं की सहायता से किया था। सप्तमातृका का उल्लेख ऋग्वेद, मत्स्य पुराण, वराह पुराण, वामन पुराण इत्यादि धार्मिक ग्रंथों में भी पाया जाता है।

एक लोकोक्ति के अनुसार शुंभ और निशुंभ के वध के पश्चात् शुंभ का पुत्र दुर्गम काक (crow) का रूप धारण कर भाग निकला। लेकिन उस बालक को देखकर इन सात देवियों का मातृभाव जागृत हो गया। मातृत्व की भावना से देवियों ने शत्रु के बालक को अभयदान दिया। मातृकाओं से प्रसन्न होकर महासरस्वती ने

उन्हें आशीर्वाद दिया कि, "जो मानव अपने बच्चे के जन्म के समय सप्तमातृकाओं का पूजन करेगा उस बालक की मातृकाएँ रक्षा करेंगी।" महाभारत में भी इन देवियों का उल्लेख शिशुओं की पालनकर्ता माताओं के रूप में किया गया है।

मातृकाओं का समावेश चौंसठ योगिनी में भी किया जाता है। महाराष्ट्र में पिठोरी की पूजा में भी इन्हें समाविष्ट किया जाता है।

इतिहासकार शार्दुल नारायण तिवारी और दिलीप चक्रवर्ती के अनुसार सरस्वती सभ्यता में भी मातृकाओं की पूजा का अस्तित्व था।

इस कथा में टी ए गोपीनाथ राव तथा स्टेला क्रामरिश जैसे पुरातत्वविदों की पुस्तकों के अलावा इंटरनेट संदर्भों का भी आधार लिया गया है।

इस कथा-संग्रह की रचना में "सोमनाथ अने हमीर जी गोहिल" (जयमल्ल परमार), "जय सोमनाथ" (कन्हैयालाल मुंशी) जैसी गुजराती पुस्तकों के अलावा "सोमनाथ द श्राइन एटर्नल" (कन्हैयालाल मुंशी), "फ्लाइट ऑफ़ डाइटिस एंड रिबर्थ ऑफ़ टेम्पल्स" (मीनाक्षी जैन) जैसी पुस्तकों के सन्दर्भ लिए गए हैं। प्रतिमा विज्ञान के लिए स्टेला क्रामरिश तथा टी ए गोपीनाथ राव की पुस्तकों के सन्दर्भों का उपयोग किया गया है। गुजराती पत्रिका सफारी के ज्ञानवर्धक लेखों की सामग्री भी मेरी कथाओं पर अपना प्रभाव छोड़ती हैं।

इन कथाओं की रचना में तथ्यों की आधारशिला रखते हुए कुछ कल्पनाशीलता की छूट ली गई है। लोकोक्तियों में और इतिहास की पुस्तकों में भी कई जगह पर इतिहास में भिन्नता मिली है जिसका सामान्यीकरण कर के कथा के भाव को प्राधान्यता दी गयी है। फिर भी यदि इसमें कोई भी त्रुटि रह गई हो तो पाठकों के सुझावों और प्रतिक्रियों का स्वागत है।

तथ्यों तथा ऐतिहासिक घटनाक्रम को लिखते हुए और भारतवर्ष के भविष्य के सभी पहलुओं का विश्लेषण करते हुए इस पुस्तक में अनेक जगहों पर प्रतिकारात्मक भाषा का प्रयोग किया गया है, किन्तु एक लेखक के रूप में मैं पाठकों को यह आश्वस्त करना चाहता हूँ कि यह लघुकथाएं पूर्ण रूप से निष्पक्ष और तटस्थ भाव से लिखने का प्रामाणिक प्रयास है।

यह पुस्तक मेरी प्रथम कृति है और इसके लेखन के पीछे पीठबल के रूप में खड़े मेरे मार्गदर्शक और मित्रों का आभार व्यक्त किए बिना पूर्ण नहीं हो सकती।

करीब आठ वर्ष पूर्व मेरी सद्गत बहना ने मुझे सोशल मीडिया पर आने के लिए प्रेरित किया था। उसका दृढ़ विश्वास था कि मेरी प्रतिभा को मंच मिलना बहुत ही आवश्यक है लेकिन उस समय मैंने उसकी बातों को उपेक्षित किया।

सन २०१५ में बहना के देहांत के पश्चात जब मैंने ट्विटर का उपयोग करना

आरंभ किया तब मेरी मुलाकात श्री मनीष श्रीवास्तव और तृप्ति मुखर्जी दी से हुई। सौभाग्य से मुझे इन दोनों के साथ यात्रा करने का भी अवसर मिला।

मेरे लेखन की शुरुआत कोविड काल में श्री राकेश रंजन जी के मंडली प्लेटफार्म से हुई जिसमें मेरे द्वारा लिखी गई कहानियों को पाठकों ने अभूतपूर्व प्रतिसाद दिया। इसके पश्चात श्री साकेत सूर्येश और निष्ठा अनुश्री जी के प्रोत्साहन से मैंने स्वराज्य के लिए लिखना शुरू किया। मनीष जी और योगिनी मैडम के मार्गदर्शन में मुझे इंडिका जैसी प्रतिष्ठित संस्था के साथ काम करने का भी अवसर मिला।

आजतक न्यूज चैनल के डेप्युटी एडिटर श्री संजय शर्मा के निरंतर प्रोत्साहन का भी मेरी इस रचना में बड़ा योगदान है। ट्विटर के माध्यम से मुझे कुछ अमूल्य मित्र भी प्राप्त हुए हैं। इस मित्रमंडली में मैं श्री विजय भालेराव, श्री कल्पेश वाघ, वरुण गोयल जी, आशीष भाई, प्रतीक भाई, संध्या जी, गरिमा जी, सुरभि, देवांशी, भूमिका जी तथा तूलिका का उल्लेख करना चाहूंगा। इनके उपरांत भी अनेक मित्र रत्न मुझे ट्विटर ने दिए हैं। परीक्षाओं की व्यस्तता के बावजूद मेरी इन रचनाओं को एडिट करने का श्रेय तूलिका स्वाती को जाता है। आप सभी मित्रों की सहृदयता और मेरे प्रति प्रेम मेरे लिए धननिधि से अधिक बड़ा वरदान है।

देवाधिदेव महादेव, गुरुदेव और मेरे आदर्शमूर्ति पिताजी को नतमस्तक हो कर पाठकों के समक्ष मैं अपनी प्रथम कृति को नम्र भाव से प्रस्तुत कर रहा हूं।

अनुक्रम

अच्युतानन्तगोविन्द

समुद्र तट पर सूर्यास्त देखने के लिए पर्यटकों का हुजूम लगा हुआ था। सूर्य के साथ-साथ मेरा आत्मविश्वास भी अस्ताचलगामी था। मेरे मन में सहस्रों प्रश्न थे और उन प्रश्नों का उत्तर एक और प्रश्न 'मेरे साथ ही क्यों?' पर जाकर समाप्त होता था।

कहते हैं कि मन सबसे चंचल होता है, इसे जितना रोकने का प्रयास करो वह उतना ही अनियंत्रित होता जाता है। मैं प्रारब्धवादी होता तो प्रारब्ध को दोष देता लेकिन मैं वह भी नहीं कर सकता था।

एक ओर मेरा प्रेम-संबंध टूटने की कगार पर था तो दूसरी ओर मेरा व्यावसायिक जीवन भी अधोगति की ओर अग्रसर था। पूरी निष्ठा से काम करने के बावजूद भी मैं दफ़्तर में अपमान और निंदा झेल रहा था। रोज़ सुबह दफ़्तर में प्रवेश करते हुए मैं सोचता कि काश मैं अपने आदर्शों से समझौता कर पाता और निष्ठा का त्याग कर चापलूसी करता तो अब तक मैं सफलता के शिखर पर होता। मेरी प्रतिभा, पुरुषार्थ और प्रामाणिकता का मूल्य चापलूसी की तुलना में शून्य था।

परिवार के नाम पर एकमात्र वृद्ध रोगग्रस्त माता थीं जो आशा भरे नेत्रों से मेरी प्रगति की प्रतीक्षा कर रही थीं। आर्थराइटिस ने उन्हें शारीरिक रूप से पंगु बना दिया था तो अल्ज़ाइमर ने उन्हें मानसिक रूप से विवश कर दिया था। और... इन सभी चुनौतियों के बीच था, मैं! ना तो अपने उत्तरदायित्वों से भाग सकता था और ना ही उनकी उपेक्षा कर सकता था।

अपमान, निंदा, उपेक्षा और तिरस्कार से भरा मेरा मन आत्मविश्वास खो चुका था। मेरी महत्वाकांक्षाओं ने पराजय स्वीकार कर लिया था। मैं मानसिक रूप से टूट चुका था और अनियमित दिनचर्या के कारण शारीरिक स्वास्थ्य भी बिगड़ता जा रहा था। जीवन से जा रही सकारात्मकता के रिक्त स्थान पर नकारात्मकता अधिकार जमा रही थी। दूर-दूर तक सकारात्मकता का कोई संकेत भी तो नहीं था। अब भविष्य क्या? यातनाएँ सहते हुए मृत्यु की प्रतीक्षा या सामने स्थित अगाध समुद्र में आत्मघात करते हुए मृत्यु का स्वागत?

गहराते जा रहे अंधकार के साथ वहाँ से पर्यटकों ने भी घर लौटना शुरू किया पर मैं अपने प्रश्नों के साथ वहीं बैठा रहा। मेरा सर दर्द से भारी हो रहा था। अनसुलझी पहेलियों ने मेरे मस्तिष्क को घेरा हुआ था। तभी मेरे समक्ष एक भगवाधारी याचक आ खड़े हुए, हाथों में भिक्षापात्र, शरीर पर भस्म धारण किए करीब सत्तर वर्ष के वृद्ध अवधूत!

उन्होंने मेरे सामने भिक्षापात्र बढ़ाया और भिक्षा की आकांक्षा से मेरी ओर देखा, मैंने भी चेहरा उठाकर उनकी ओर देखा। उनके भाल पर अनूठा तेज़ और नेत्रों में मन को शांत करने वाली चमक थी। फिर भी परेशानियों से घिरा थोड़ी चिढ़ से मैंने उन्हें कहा "आगे बढ़ो बाबा।" वो मुस्कुराए और अभय-मुद्रा में हाथ उठा कर वहाँ से चल दिए।

वह थोड़े ही आगे बढ़े होंगे तभी मेरे मोबाइल की घंटी फिर से बज उठी। मैंने स्क्रीन पर नाम देखा और चिढ़कर फ़ोन स्विच ऑफ़ कर दिया। दूर जाते हुए अवधूत के व्यक्तित्व में एक अद्भुत आकर्षण था। इससे पहले कि वह मेरी दृष्टि से अंधेरे में ओझल होते, मैं उनके पीछे-पीछे चल दिया।

मैं समझ नहीं पाया कि मैं क्यों उनका अनुगमन कर रहा था। मैंने अपनी गति तेज़ की और कुछ ही देर में उनके साथ हो लिया। उन्होंने मेरी ओर देखा। इस बार उन्होंने मेरे सामने याचना का हाथ नहीं फैलाया। उनके मुख पर वही सौम्य हास्य था। रात गहराती जा रही थी। संगम तट के घाट से, प्रभास की संकरी गलियों से गुज़रते हुए हम कब अंधेरी कंदराओं में बढ़ते चले गए, पता नहीं चला।

काली अंधेरी रात में जैसे-जैसे हम आगे बढ़ते गए पेड़ों की घटाएँ और गहन होती गई। चँद्र की शीतल आभा में हम आगे बढ़ते रहे। नीरव शान्ति पसरी हुई थी, सभी पंछी अपने घोंसलों में चले गए थे।

समग्र वन में निशाचर जीवों का साम्राज्य था फिर भी मैं ऋषितुल्य वृद्ध के साथ निर्भीक आगे बढ़ रहा था। झिंगूर निरंतर कर्कश गायन गा रहे थे। निर्जन खंडहरों में चमगादड़ मंडरा रहे थे और गीदड़ों जैसे वन्य प्राणी हमारे आसपास चहलकदमी कर रहे थे। तभी हमने देखा कि कुछ ही दूरी पर एक व्याध शिकार की खोज में अपने धनुष पर प्रत्यंचा चढ़ाए प्रतीक्षा कर रहा था। उसकी रक्तवर्णी आँखों में क्रूरता से अधिक पेट भरने की विवशता के संकेत थे। उसके चेहरे के भावों से स्पष्ट था कि शिकार उसके सामने ही था।

समग्र वन शांत था। हम दोनों भी व्याध की गतिविधि को ध्यान से देखने हेतु वहीं रुक गए। पाषाणवत् खड़ा व्याध किसी तपस्यारत ऋषि की भांति अपने आखेट की ओर ध्यान केंद्रित कर खड़ा था। व्याध हमारे सामने था किन्तु उसका शिकार हमारे नेत्रों से ओझल अंधकार में अगोचर था। समय बीत रहा था।

और फिर... कुछ ही क्षणों में उसने बाण छोड़ा। सर्रर्... से सरसराता हुआ बाण अब नीरव शान्ति को चीरता हुआ हवा में था। लेकिन, लेकिन यह क्या... किसी वन्य प्राणी की चीत्कार के स्थान पर किसी मनुष्य की आह निकली... "हे... शिव शंभू...!!"

व्याध समझ चुका था कि उसके बाण ने कुछ अनर्थ कर दिया है। उसके चेहरे पर ग्लानि तथा चिंता के मिश्रित भाव उभरे और वो बाण की दिशा में त्वरा से दौड़ा। हम दोनों अवाक् जैसे ही आगे बढ़े, हमारे समक्ष दृश्य देख कर आघात से पाषाणवत् स्थिर हो गए। वहाँ सामने धरती पर राजसी वस्त्र धारण किए एक महातेजस्वी पुरुष के चरणकमलों में बाण धंसा हुआ था।

महापुरुष के चरण से रक्तधारा और व्याध के नेत्रों से अश्रुधारा बह रही थी। अनजाने में ही उस व्याध के बाण से अनर्थ हो गया था। मैंने अवधूत की ओर देखा। वे दोनों हाथ जोड़कर श्री कृष्ण का स्तुति गान कर रहे थे।

श्री कृष्ण गोविन्द हरे मुरारी, हे नाथ नारायण वासुदेव।
श्री कृष्ण गोविन्द हरे मुरारी, हे नाथ नारायण वासुदेव।

आघात और आश्चर्य से भरी मेरी आँखों में प्रश्नार्थ चिह्न थे। अवधूत योगी ने कहा "हम लोग द्वापर की समाप्ति और कलिकाल के आरंभ के साक्षी बने हैं। चँद्रवंशी, यदुकुल के महाराज द्वारिकाधीश श्री कृष्ण के देहत्याग के साथ ही इस युग का अंत हो जाएगा।"

मुझे क्या प्रतिक्रिया देनी चाहिए यह मैं समझ नहीं पा रहा था। सामने घट रही घटना अलौकिक थी। व्याध की आँखों में आँसू थे और भगवान श्री कृष्ण के मुखमंडल पर नित्य ही देखा जाने वाला मधुर सौम्य हास्य। अवधूत की वाणी में कृष्ण थे और मेरे चेहरे पर दुःख।

व्याध घुटनों के बल बैठ गया। दोनों हाथ जोड़ कर वह प्रभु श्री कृष्ण से क्षमायाचना करने लगा। भगवन् मुस्कुराते हुए रुदनरत व्याध की ओर देखते हुए बोले "जो भी हुआ वह विधाता का विधान था। तुम तो इस घटनाक्रम में बस निमित्त मात्र हो। तुम्हारे पूर्वजन्म के कर्मों ने तुम्हारे हाथ में बाण दिया। तुम्हारे जीवन का औचित्य समाप्त हुआ है इसलिए पश्चाताप का त्याग करो और आगे नदी की ओर प्रस्थान कर अपनी जीवनलीला का समापन करो।"

बाण की पीड़ा का लेशमात्र भाव श्री कृष्ण ने अपने मुखमंडल पर नहीं आने दिया। व्याध ने भगवान की आज्ञा का पालन किया और वह नदी की ओर जाने वाली पगडंडी पर अदृश्य हुआ। मैं भी अब तक घटित घटनाओं के आघात से बाहर आ रहा था और इसी के साथ मेरे मन में प्रश्नों की कतारें लगनी शुरू हो चुकी थी।

दुन्वयी व्यवहारों-विचारों से लिप्त मेरे मन में असंख्य प्रश्न उठ खड़े हुए। मैंने

अवधूत की ओर देखा और पूछा "बहेलिया अपने मानुष कर्मों का लेखा-जोखा पूर्ण कर रहा था। मैं और आप भी अपने पूर्व जन्म के कर्म बन्धनों से बंधे हुए हैं किन्तु श्री कृष्ण? वह तो स्वयं सर्वशक्तिमान विष्णु के अवतार हैं। वह क्यों इस यातना को सहन कर रहे हैं?"

अवधूत बोले: "भगवान श्री विष्णु ने विविध युगों में श्री राम, श्री कृष्ण इत्यादि मानव काया में अवतार धारण कर हमारे सामने दृष्टांत रखे हैं कि यदि स्वयं ईश्वर भी अपने अवतार में कर्म के बन्धनों से अछूता नहीं है तो हम तो फिर भी मनुष्य हैं।"

"किन्तु..", मैंने उत्सुकतावश पूछा, "श्री कृष्ण स्वयं ईश्वर होते हुए भी उनका जन्म कारागार में हुआ, बाल्यावस्था में अपने माता-पिता से दूर और अब मृत्यु के समय उनकी यह स्थिति क्यों?"

"सुख और दुःख का चक्र इसे ही तो कहते हैं, पुत्र।", योगी बोले, "तुमने श्री कृष्ण का जीवन मात्र एक दृष्टिकोण से देखा है, विस्तृत चित्र देखने पर तुम्हें ज्ञात होगा कि एक ओर द्वापर में चँद्रवंशी कृष्ण का जन्म कारागार में हुआ था तो त्रेता में सूर्यवंशी श्रीराम का जन्म राजप्रासाद में हुआ था। इक्ष्वाकु कुलदीपक श्रीराम का बचपन वैभव में बीता तो यदुवंशी श्रीकृष्ण को माता-पिता का विरह सहना पड़ा। लेकिन दूसरी ओर श्री कृष्ण को युवावस्था में वैभवी जीवन प्राप्त हुआ और श्री राम को युवावस्था में माता-पिता का विरह सहते हुए वनवास भोगना पड़ा। सुख और दुःख दोनों के भाग्य में था लेकिन दोनों ने हार नहीं मानी। ईश्वरीय अवतार होते हुए भी उन्होंने संघर्ष किया, नैतिक मूल्यों से कभी समझौता नहीं किया और सामने आने वाली चुनौतियों का हंसते हुए स्वागत किया।"

जब योगी कृष्ण और राम के संघर्ष काल का वर्णन कर रहे थे तब कहीं ना कहीं मेरे मन में उनके चरित्र आदर्श के रूप में उभर रहे थे। "जैसे श्री राम और श्री कृष्ण के जीवन के विभिन्न भाग एक-दूसरे के पूरक हैं, क्या वैसे ही मेरी यातनाएँ और मेरा संघर्ष भी किसी पूर्वजन्म के कर्मों का जमा-उधार खाता है? आखिरकार कर्म का गणित क्या है?" मैंने योगी से पूछा।

उन्होंने बताया "विधाता के गणित पर सन्देह नहीं करते, विधाता का गणित सटीक होता है। प्रभु श्री राम का जन्म नवमी के दिन हुआ था, ९ पूर्णांक है जबकि श्री कृष्ण की जन्मतिथि अष्टमी है, ८ क्षयांक है। इसी कारण पूर्णांक को प्रकट हुए राम अपने जीवन में सभी आदर्शों का पालन करते हैं और क्षयांक को जन्मे कृष्ण परिस्थितियों के अनुरूप व्यवहार करते हैं।"

राम आजीवन एक-पत्नी-व्रत का पालन करते हैं, सशस्त्र युद्ध में स्वयं भाग लेते हुए भी शत्रु से आदर्श व्यवहार रखते हैं। दूसरी ओर श्री कृष्ण अनेक विवाह के

संबंधों में स्वयं को बांधते हैं। कुरुक्षेत्र के युद्ध में रणनीति बनाते हैं किन्तु स्वयं शस्त्र नहीं उठाते। इसीलिए कहा गया है कि राम के आचरण का और कृष्ण के उपदेशों का अनुसरण करें। त्रेता और द्वापर में जैसे युगों का प्रभाव विष्णु के अवतारों के आचरण में झलकता है वैसे ही कलिकाल में भी आदर्श पुरुष वही होगा जो कलि के प्रभाव को समझेगा और अपनी विवेक बुद्धि से आचरण करेगा।"

"युगों का प्रभाव?" मैंने आश्चर्य से पूछा "क्या मनुष्य के व्यवहार को युग भी प्रभावित करते हैं?"

योगी बोले "त्रेतायुग में श्री राम को कोई चमत्कार करने की आवश्यकता नहीं थी किन्तु द्वापर में श्री कृष्ण को लीलाधर बनना ही पड़ा बस वैसे ही कलियुग में भी आदर्श मनुष्य कलि के प्रभाव से बच नहीं सकता। लेकिन 'त्येन त्यक्तेन भुंजिथा' का भाव मन में धारण किए जो व्यक्ति आचरण करेगा वह कलि पर विजय प्राप्त कर लेगा।"

"किन्तु अवधूत महाराज", मैंने उनकी बात को बीच में रोकते हुए पूछा, "क्या हमारे परिजनों, मित्रों तथा शत्रुओं से सम्बन्ध भी पूर्वजन्म के बंधनों से जुड़े हुए होते हैं? यदि हाँ तो कैसे? यदि ना, तो क्यों?"

अवधूत ने फिर से भगवान श्री राम तथा कृष्ण का उदाहरण देते हुए कहा "रामावतार में शेषावतार लक्ष्मण के रुप में अनुज बन्धु होते हैं तो कृष्णावतार में वही शेष बलराम के रूप में ज्येष्ठ भ्राता के रूप में अवतार लेकर आते हैं। ऋणानुबंध इसी का नाम है। रामावतार में भगवान मित्र धर्म का पालन करते हुए सूर्यांश सुग्रीव का रक्षण करने हेतु इन्द्रांश बाली का वध करते हैं तो कृष्णावतार में सूर्यपुत्र कर्ण के वध करने हेतु इन्द्रपुत्र अर्जुन के मार्गदर्शक बनते हैं। ऋणानुबंध से बंधे अवतार श्रीराम आजीवन सुग्रीव, जटायू और हनुमान सरीखे स्वजनों तथा मित्रों से सलाह लेते हैं लेकिन वही विष्णु श्रीकृष्ण का अवतार धारण करने पर स्वयं सभी के सलाहकार बनते हैं। श्री राम स्वयं शस्त्र धारण करते हैं और श्रीकृष्ण बिना शस्त्र उठाए अपनी योजनाओं को मूर्तरूप में देते हैं।"

अवधूत की बातें सुनकर मैं भी आश्चर्यचकित रह गया था। स्वयं भगवान भी अवतार धारण करने पर विधाता के नियमों का पालन करते हैं और हम सभी के लिए आदर्श स्थापित करते हैं। यह सच में अद्भुत था। नीलवर्णी राम तथा श्यामवर्णी कृष्ण के चरित्रों को समझने का यह दृष्टिकोण अनूठा था। एक ओर श्रीराम की पत्नी का रावण हरण कर जाता है तो दूसरी ओर श्रीकृष्ण रुक्मिणी का हरण कर उन्हें अपनी अर्धांगिनी बनाते हैं। क्या ही आश्चर्य होगा कि १२ कलाओं के स्वामी राम मर्यादापुरुषोत्तम कहलाते हैं और १६ कलाओं के स्वामी कृष्ण पूर्ण पुरुषोत्तम।

राम का गंभीर चरित्र हमारे मन में आदर का भाव जगाता है तो दूसरी ओर विनोदी कृष्ण की लीलाएँ हमें उनसे प्रेम करने पर विवश करती हैं। विधि की विचित्रता यह भी है कि श्रीराम के सरयू तट पर समाधि के पश्चात समग्र अयोध्यावासी देहत्याग करते हैं और दूसरी तरफ दुर्भाग्यपूर्ण रूप से अंतकलह का शिकार यदुवंशी एक-दूसरे की हत्या करते हैं और श्रीकृष्ण प्रभास क्षेत्र में निर्जन स्थान पर शरीर त्यागते हैं।

मैं विचार शृंखला में लीन था तभी अवधूत बोले "यह सब कौतुहलजनक है किन्तु यही विधाता का विधान है, यही प्रकृति का गणित है। प्रभु श्रीराम ने त्रेता में समुद्र जल में सारंग धनुष को प्रवाहित किया और उसी धनुष का द्वापर में उपयोग कर श्रीकृष्ण उसे फिर से एक बार समुद्र को सौंप देते हैं वैसे ही कर्मों का वहन करने के बाद हमें भी सभी मोह बंधनों को त्यागकर मृत्यु का स्वागत करना चाहिए। अहा, कितना सुंदर, कितना अलौकिक! स्वयं भगवान विष्णु इस संसार के लिए आदर्श स्थापित करते हैं और मूढ़मति मनुष्य इन महान चरित्रों को समझ नहीं पाता।"

हमारे सामने श्रीकृष्ण अपनी जीवनलीला का समापन कर रहे थे। उनके शंख, चक्र, गदा जैसे आयुधों ने, उनके रत्नजड़ित रथ, मुकुट तथा लांछन ने भगवान विष्णु का स्तुतिगान करते हुए वैकुंठ की ओर प्रस्थान किया। एक ऐतिहासिक प्रसंग अपने साथ द्वापर युग का अन्त करने जा रहा था।

मैंने अन्तिम प्रश्न-बाण छोड़ते हुए अवधूत से पूछा "कलियुग के पश्चात क्या?" उन्होंने बताया कि "समय रेखीय नहीं, चक्रीय है। सत, त्रेता, द्वापर और कलियुग। कलियुग की समाप्ति पर फिर से यही चक्र आरंभ होगा। कलियुग का अंत एक और सतयुग का कारक बनेगा। ना समय रुकेगा और ना ही कर्मों का चक्र!"

जैसे ही अवधूत ने देखा कि भगवान के वैकुंठ गमन का समय निकट है उन्होंने मुझे वहाँ से चले जाने का आदेश दिया। मैं भगवान श्री कृष्ण और गुरुदेव अवधूत को प्रणाम करते हुए उस स्थान से आगे बढ़ चला। थोड़ी ही दूर चलते समग्र प्रदेश का मौसम तेजी से बदलने लगा। चमचमाती बिजली, तेज़ आंधी और मूसलाधार बारिश इस धरती के कृष्ण-विहीन होने का प्रमाण दे रहीं थी। मानो समग्र सृष्टि विलाप कर रही हो!

जब मैं नजदीकी नगर वेरावल पहुंचा तब तक सांगोपांग भीग चुका था। वेरावल रेलवे स्टेशन के सामने तिरपाल तले एक चाय की टपरी पर नवयुवक इक्का-दुक्का ग्राहकों को गर्मागर्म चाय पिला रहा था। बिजलियों का कड़कना रुका था किन्तु बारिश अभी भी पुरजोर बरसे जा रही थी।

नवयुवक ने चाय की प्याली मेरे हाथ में थमाई और चाय की पहली चुस्की

लेते हुए मैंने अपना फ़ोन स्विच ऑन किया। कुछ ही देर में इंटरनेट सेवा से संपर्क स्थापित हुआ और स्मार्टफ़ोन में नोटिफिकेशन की बौछार शुरू हुई। जीमेल नोटीफिकेशन में बॉस ने लताड़ लगाई थी। वॉट्सएप पर गर्लफ्रेंड की शिकायतें अनगिनत मेसेज के रूप में कतार लगाए प्रतीक्षा कर रही थी। और मिसकॉल के नोटीफिकेशन में चिंतातुर माँ का अश्रुमय चेहरा था।

तभी तिरपाल के एक कोने में एक अंधभिक्षुक ने इकतारा बजाते हुए सुर छेड़े -

"रामचँद्र कह गए सिया से ऐसा कलजुग आएगा,
हंस चुगेगा दाना तिनका, कौआ मोती खायेगा।"

मैंने मुस्कुराते हुए कलियुग का स्वागत किया। बाकी सभी नोटीफिकेशन्स को स्वाइप करते हुए माँ को फ़ोन लगाया।

प्रणय निवेदन

प्रभास के क्षितिज पर सूर्य के सारथी अरुण का आगमन हो चुका था। समुद्र तट से अबाबील और अन्य पक्षी भोजन की खोज में निकल पड़े थे। नागर शैली में निर्मित सोमनाथ महादेव के तृणांगण में ओस की चादर को सूर्य की तीक्ष्ण किरणें जर्जरित कर रही थीं। मंदिर में मंगलारती के घंटारव की गर्जना समुद्र की लहरों के साथ सुर में सुर मिला रही थी।

नाट्य मंडप में दर्शनार्थियों की कतारें अनुशासनबद्ध आगे बढ़ रही थी। मंडप के कलात्मक स्तंभों पर उत्कीर्ण महादेव के अनन्य रूपों और सुरा-सुंदरी इत्यादि शिल्पों को निहारते हुए हर कोई कलाकारों के कला कौशल से प्रभावित होकर वाह-वाह कर रहा था।

महामेरू प्रासाद के शिखर पर गर्वित भगवा ध्वज लहरा रहा था और गर्भगृह में जगत नियंता सोमनाथ बाणलिंग् के रूप में भक्तों को दर्शन दे रहे थे। यदि इस समय कोई प्रखर कवि यह दृश्य देख रहा होता तो उसके लिए भी शिव-शंभो के महालय की आध्यात्मिक सुंदरता का शब्दों में वर्णन करना कठिन हो जाता।

सूर्य जैसे-जैसे उपर चढ़ता जा रहा था वैसे भक्तों की संख्या भी बढ़ती जा रही थी। इसी समय भगवान शंकर के दर्शन कर के सुधाकर अपनी महिला-मित्र सुलग्ना के साथ मंडप के दक्षिण द्वार पर सीढ़ियों उतर रहे थे। अच्छी खासी कद-काठी के सुधाकर का शरीर नियमित वर्कआउट से और भी गठीला और आकर्षक हो गया था। चेहरे पर हल्की सी दाढ़ी और ब्रांडेड कपड़े उनकी पहचान थे। उनकी मित्र सुलग्ना भी आधुनिक विचारधारा वाली आत्मनिर्भर महिला थी। दोनों समवयस्क थे और आयु के चतुर्थ दशक में होने के कारण परिपक्व और स्वतंत्र विचार रखते थे।

हालांकि अभी तक उन्होंने विवाह नहीं किया था किन्तु वह विवाह करने के लिए उतावले भी नहीं थे। मुंबई के कॉर्पोरेट जगत में दोनों सम्माननीय पद पर कार्यरत थे, लिव-इन में एक ही घर में रहते और वर्ष में दो बार पर्यटन के लिए निकल पड़ते। यायावरी दोनों की रुचि का विषय था। इस युगल को नास्तिक तो नहीं कह सकते फिर भी जब बात श्रद्धा और अंधश्रद्धा की हो तो दोनों तर्कपूर्ण आस्तिकता के समर्थक थे।

पूर्वाभिमुख शिवमंदिर के दक्षिण तथा पश्चिम दिशा में लंबा समुद्र तट था। समुद्री लहरें अपने साथ आह्लादकारी हवा के प्रवाह से मंदिर के साथ भक्तों का भी अभिषेक कर रही थीं। समुद्र सतह से थोड़ी उंचाई पर निर्मित स्थापत्य की रक्षा करने के लिए परिसर की सीमा पर एक सशक्त दीवार खड़ी की गई थी और वहीं

पर यात्रियों के बैठने के लिए व्यवस्था की गई थी। मंदिर से उतरते हुए उस युगल ने प्रसाद काउंटर से प्रसाद लिया और बेंच पर बैठ गए।

सुलग्ना ने सुधाकर के हाथ में अपना हाथ रखते हुए उसकी अंगुलियों में अपनी ऊष्मा से परिपूर्ण अंगुलियों का संपुट बना लिया। वह जब भी इस तरह से सुधाकर का हाथ थामती, उसका कोमल हाथ सुधाकर के सशक्त हाथों में सुरक्षित सा महसूस करता। मंदिर परिसर में दोनों के हाथों का यह युग्म उसके मन में एक अनुपम प्रेम का भाव उत्पन्न कर रहा था।

परिचितों के लिए यह युगल सदैव ही आश्चर्य का विषय बना रहा। इन दोनों को देख कर सभी के मन में यही प्रश्न उठता कि एक दूसरे के व्यक्तित्व को प्रतिबिंबित करने वाले सुधाकर और सुलग्ना ने अब तक विवाह क्यों नहीं किया? उनसे जब भी यह प्रश्न पूछा जाता तब उनका उत्तर एक ही होता। सुधाकर को सुलग्ना के सभी गुण पसंद हैं वह उसके सौंदर्य से भी आकर्षित था लेकिन सुलग्ना का जिद्दी स्वभाव और बार-बार रूठना उसे बिल्कुल भी पसंद नहीं। सुलग्ना भी सुधाकर के सशक्त देह और प्रभावशाली व्यक्तित्व की प्रशंसक थी लेकिन उसे सुधाकर का दिनभर काम में डूबे रहने की आदत पसंद नहीं। लिव-इन में रहना इन दोनों के लिए सुविधाजनक था और स्वतंत्रता का परिमाण था।

एक सिक्योरिटी गार्ड उनके बिल्कुल पीछे उत्कीर्ण स्तंभ के पास खड़ा था। स्तंभ के अग्र भाग पर पृथ्वी का गोला बना हुआ था और उसके मध्य भाग से एक त्रिशूल को समुद्र की दिशा में इंगित करते हुए दिखाया गया था। स्तंभ की आधारशिला पर देवनागरी लिपि में कुछ लिखा हुआ था लेकिन भारतीयों का स्वभाव है कि हम संस्कृत में लिखे किसी भी प्रकार के लेख को अनदेखा करते हैं वैसे ही इस लेख को भी कोई नहीं पढ़ रहा था। उन दोनों के बीच हो रही प्रेम की मौन अभिव्यक्ति से गार्ड को कोई आपत्ति नहीं थी। उसकी तीक्ष्ण दृष्टि समुद्र पर गड़ी हुई थी।

कुछ क्षण यूँ ही मौन बीते। मौन की भाषा भी अजीब ही होती है, प्रेम भी मौन होता है और घृणा भी, सुख भी मौन होता है और दुःख भी, बस हास्य और क्रोध मौन नहीं होते, यह दोनों भाव कोलाहलपूर्ण होते हैं। कुछ क्षण ऐसे ही मौन में बीते। सुलग्ना कुछ विचारमग्न थी यह देखकर सुधाकर ने उस से कारण पूछा। सुलग्ना ने बलुआ पत्थरों से निर्मित स्थापत्य को निहारते हुए कहा "सुधाकर, क्या सोमनाथ ज्योतिर्लिङ्ग की कथा तुम्हें पता है?" इस प्रश्न का उत्तर सुधाकर के पास नहीं था। कुछ क्षण ऐसे ही बीते। सुरक्षा कारणों से ज्योतिर्लिङ्ग परिसर में मोबाइल फोन निषिद्ध किए गए थे इसलिए गूगल की मदद लेना भी संभव नहीं था।

सुधाकर ने पीछे खड़े सिक्योरिटी गार्ड की तरफ प्रश्न का मुख मोड़ दिया। हाथ

में मशीन-गन लिए गार्ड ने सोचा भी नहीं था कि उसे सोमनाथ परिसर की रक्षा करते हुए इस प्रश्न का सामना करना पड़ेगा। वह थोड़ा हिचकिचाया लेकिन उसने वर्षों महादेव की छत्रछाया में काम किया था और मंदिर के पुजारी तथा अन्य कर्मचारियों से उसने जो कथा सुनी थी वह उसने बताना आरंभ किया।

"शिव की पौराणिक कथाओं के अनुसार नव ग्रहों में से एक और अनुपम सुंदरता के स्वामी चँद्रदेव का विवाह दक्ष प्रजापति की सत्ताइस पुत्रियों से हुआ था। भारतीय खगोल शास्त्र में वर्णित सत्ताइस नक्षत्रों के नाम इन्हीं सत्ताइस कन्याओं के नाम पर रखे गए हैं। अश्विनी, भरणी, कृत्तिका, रोहिणी, मृगशिरा, आर्द्रा, पुनर्वसु, पुष्य, आश्लेषा, मघा, पूर्वाफाल्गुनी, उत्तराफाल्गुनी, हस्त, चित्रा, स्वाति, विशाखा, अनुराधा, ज्येष्ठा, मूल, पूर्वाषाढ़ा, उत्तराषाढ़ा, श्रवण, घनिष्ठा, शतभिषा, पूर्वाभाद्रपद, उत्तराभाद्रपद तथा रेवती नामक यह सभी कन्याएँ रूप और गुणों में संपन्न थीं।

विवाह के कुछ समय पश्चात छब्बीस चँद्र पत्नियां अपने पिता दक्ष के पास पहुंची। उनके मुख उतरे हुए थे और उन पर परिवाद की छाया थी। उन्होंने चँद्रदेव की शिकायत करते हुए अपने पिता से कहा कि चँद्रदेव का पूर्ण प्रेम मात्र रोहिणी की ओर लक्षित रहता है। बाकी सभी पत्नियों का जीवन उपेक्षा और अपमान से व्यतीत हो रहा है।

यह सुनकर दक्ष बहुत व्यथित हुए। उन्होंने चँद्रदेव से मंत्रणा कर के उन्हें समझाया कि यदि आपने मेरी सत्ताइस कन्याओं से विवाह किया है तो उन सभी से समान न्यायपूर्ण व्यवहार करना आपका कर्तव्य है। चँद्रदेव अपने श्वसुर के यह शब्द सुनकर उनसे क्षमा मांगने लगे और उन्होंने आगामी समय में अपने दोषों को सुधारने का वचन दिया।

किंतु इस घटनाक्रम के बाद भी चँद्रदेव के स्वभाव में परिवर्तन नहीं आया। उनकी रोहिणी की ओर आसक्ति और बाकी पत्नियों के प्रति उपेक्षा बढ़ती ही रही। रुष्ट हो कर दक्ष की बाकी कन्याएँ फिर से अपने पिता के पास पहुंची। अपनी कन्याओं की यह दशा देखकर दक्ष का क्रोध फूट पड़ा। उन्होंने चँद्र को शाप देते हुए कहा कि जिस सुंदर कान्तिमय देह का चँद्रदेव को अहंकार है वह क्षय रोग के कारण जाता रहेगा। चँद्र को दण्ड देते हुए दक्ष प्रजापति ने कहा कि चँद्रदेव को क्षय का कष्ट भोगना होगा।

दक्ष का शाप टाला नहीं जा सकता था। दिन-प्रतिदिन क्षय से ग्रसित चँद्र की कान्ति घटती चली गई। पृथ्वी की समस्त जीवसृष्टि सूर्य तथा चँद्र पर निर्भर है और ब्रह्मांड में हो रही हलचल पृथ्वी पर निःसंदेह असर करने वाली थी। देवलोक तथा पृथ्वीलोक में हाहाकार मच गया। शापमुक्ति हेतु चँद्रदेव सभी बड़े देवताओं

से गुहार लगाने लगे लेकिन चँद्र की शापमुक्ति महादेव के अलावा और कोई नहीं कर सकता था।

चँद्रदेव ने प्रभास क्षेत्र में हिरण्य, कपिला तथा सरस्वती नदी के संगम पर, जहाँ यह तीनों नदियाँ समुद्र में समा जाती हैं, वहाँ तपश्चर्या आरंभ की। उन्होंने महादेव का बाण स्थापित करने के लिए स्वर्ण का मंदिर बनवाया और उसमें महादेव का उत्तोलित (levitated) लिङ्ग स्थापित किया। मंदिर निर्माण में ऐसी धातुओं का प्रयोग किया गया था कि उनके चुंबकीय गुणों के कारण शिवलिङ्ग सदैव हवा में तैरता रहता था।

वर्षों के तप के पश्चात भोलेनाथ प्रकट हुए। दक्ष के शाप को निरस्त करना असंभव था इसलिए महादेव ने मध्यम मार्ग निकालते हुए कहा कि चँद्रदेव की कान्ति हर महिने के शुक्ल पक्ष में बढ़ती रहेगी और चरम पर पहुँचने के बाद कृष्ण पक्ष में क्षीण होने लगेगी। इस तरह से पूर्णिमा के दिन चँद्र कान्तिमय होगा और अमावस्या के दिन पूर्ण रूप से अदृश्य होगा।

चँद्रदेव को अपनी भूल का भान हो चुका था और इस घटना के बाद उन्होंने अपनी सभी पत्नियों के साथ समान व्यवहार करना आरंभ किया। चँद्रदेव का एक नाम सोम भी है और सोम द्वारा स्थापित उसी ज्योतिर्लिङ्ग का अर्वाचीन स्वरुप आज सोमनाथ महादेव के रूप में जाना जाता है।

अपने काठियावाड़ी मिश्रित हिंदी भाषा में कथा सुनाने के बाद वह गार्ड प्रशंसा और प्रतिक्रिया की प्रतीक्षा कर रहा था। सुधाकर और सुलग्ना के लिए इस कथा का महत्व किसी मिथक से अधिक नहीं था फिर भी उन्होंने उस गार्ड का धन्यवाद किया। गार्ड के परे हटते ही दोनों आपस में फुसफुसाते हुए हंसने लगे। हवा में तैरता हुआ शिवलिङ्ग, सत्ताईस पत्नियाँ, क्षय का शाप और ग्रहों नक्षत्रों के विषय में पौराणिक कथाओं में लिखी गई बातें उनके लिए निरर्थक थी। वह दोनों इस पौराणिक कथा का उपहास बनाते हुए वहाँ से जाने के लिए खड़े हुए तभी पीछे से उन्हें रोकते हुए एक स्वर गूंजा... "तनिक रुको तो..."

उन दोनों ने पीछे मुड़कर देखा तो वहाँ कोई नहीं था। थोड़ी असमंजस में दोनों एक-दूसरे की ओर देखने लगे। तभी फिर से आवाज गूंजी... "मैं आपके सामने स्थित बाण स्तंभ बोल रहा हूँ। छठी शताब्दी से मैं यहाँ मौन खड़ा हूँ किन्तु आज आप दोनों की बातें सुनकर मैं अपना मौन भंग करने के लिए विवश हो गया हूँ।"

शीर्ष पर पृथ्वी का गोला धारण किए उस बाण स्तंभ के वचनों को सुनकर दोनों हतप्रभ रह गए। सुधाकर ने पूछा "बताइए, आप क्या कहना चाहते हैं?" बाण स्तंभ बोले "आज आप लोग गूढ़ रहस्यों को अपने अंदर समाहित किए इन पुराणों की कथाओं का उपहास बना रहे हैं लेकिन उन्हीं ग्रंथों को बचाने के लिए

आपके पूर्वजों ने लंबा संघर्ष किया है। बिना गूढ़ार्थ को समझे इन कथाओं को हास्यास्पद ठहराना कहां तक उचित है? क्या इस प्रश्न का कोई उत्तर है आपके पास? बताइए?"

सुधाकर और सुलग्रा दोनों बाण स्तंभ के प्रश्न सुनकर अचंभित और विमूढ़ रह गए थे। स्तंभ के तर्कों में बल था। बिना विश्लेषण किए इन कथाओं का मर्म समझ पाना कठिन था।

वह बाण स्तंभ स्वयं में एक विचित्र स्थापत्य था। उसे वहाँ क्यों बनाया गया था? उसका छठी शताब्दी से यहाँ स्थित होना भी रहस्यमय था। सुधाकर स्तंभ की यह सब बातें सुनते हुए स्तंभ पर देवनागरी लिपि में लिखे शब्दों को समझने का प्रयास करने लगा तेज़। वहाँ लिखा था-

"आसमुद्रान्त दक्षिण ध्रुव पर्यंत अबाधित ज्योतिर्मार्ग।"

सुधाकर ने जब उस स्तंभ की दूसरी ओर देखा तो वहाँ इसका अंग्रेजी अनुवाद किया गया था- "The light path stretching without obstruction unto the south pole over the end of the ocean." सुधाकर यह पढ़कर आश्चर्यचकित रह गया क्योंकि बाण स्तंभ ने कहा था कि वह इस जगह पर छठी शताब्दी से स्थित है।

उसने स्तंभ से पूछा "छठी शताब्दी में जब कोई अत्याधुनिक तकनीक नहीं थी तब से आप यहाँ स्थित हैं इसका अर्थ क्या यह माना जाए कि हमारे पूर्वजों को आज से सोलह सौ वर्ष पूर्व ज्ञात था कि इस जगह से दक्षिण ध्रुव तक कोई भूखण्ड नहीं है?"

प्रत्युत्तर में बाण स्तंभ ने कहा, "मुझे यहाँ स्थापित किया गया तब प्रभास क्षेत्र की आभा ही कुछ और थी। यहाँ ज्ञान और भक्ति की निरंतर धारा बहती थी। इस स्थान से दक्षिण ध्रुव तक कोई भूखण्ड नहीं है, यह शास्त्रों के ज्ञाता मुझे यहाँ स्थापित करने से पहले ही जान चुके थे। उन्होंने 'ज्योतिर्मार्ग' की सहायता से ब्रह्मांड के ऐसे ही अनेक रहस्यों को सुलझा लिया था। इस ज्योतिर्मार्ग के कारण ही संभवतः इस क्षेत्र को ज्ञान और वैभव से प्रकाशित नगर 'प्रभास' कहा गया होगा।"

"अवंतिका नगरी जिसे आज उज्जैन कहा जाता है वहाँ हमारे विद्वान पूर्वजों ने बिना किसी टेलिस्कोप की मदद से कर्क वृत्त खोज लिया था और उस स्थान पर उन्होंने महादेव शिव का कर्कोटिश्वर मंदिर भी बनवाया था। ऐसी अनेक शोधों को उन्होंने ग्रंथों में और अभिलेखों में लिख लिया था किन्तु भारत भूमि के दुर्भाग्य से

पश्चिम से आए मूर्तिभंजकों ने कलात्मक प्रतिमाओं और भव्य देवालयों के साथ हमारे साहित्य को भी नष्ट कर दिया।

जो लूटा जा सकता था उसे लूट लिया गया, जो निर्बल थे उन्हें गुलाम बना लिया गया। उन दिनों जबरन धर्मांतरण और बलात्कार आम बात थी। बस यह कलाकृतियाँ और ज्ञान-ग्रंथ ही थे जिन्हें ना लूटा जा सकता था, ना मारा जा सकता था और ना ही उनका धर्मांतरण किया जा सकता था।"

सुधाकर और सुलग्ना को अपनी भूल का अहसास हुआ। उन्होंने क्षमायाचना करते हुए बाण स्तंभ के समक्ष नतमस्तक होकर सोमनाथ की पौराणिक कथा का गूढ़ार्थ समझाने की याचना की।

बाण स्तंभ ने कहा- "जैसे आक्रांताओं ने बाण स्तंभ के प्रमाण मिटा दिए वैसे ही चँद्र की कथा के प्रमाण भी खो गए। इन ग्रंथों के काल की गर्त में विलीन हो जाने में कुछ हद तक हम हिंदुओं का अपनी ही विरासत के प्रति दुर्लक्ष भी कारणभूत था।

चँद्रदेव और ज्योतिर्लिङ्ग की कथा के दो पक्ष हैं। इस कथा का प्रथम पक्ष खगोल शास्त्र है और दूसरा, गृहस्थ जीवन।"

"भारतीय खगोल शास्त्र के अनुसार मूलतः यह सभी नक्षत्र तारों के समूह हैं और पृथ्वी की परिक्रमा करते हुए चँद्र २७.३ दिनों में इन नक्षत्रों से होते हुए गुजरता है। इसके उपरांत चँद्र और इन नक्षत्रों की युति में अन्य ग्रहों का भी प्रभाव पड़ता है। इसके उपरांत इन सभी नक्षत्रों के अपने गुण और अवगुण होते हैं।

यदि प्रमाणों की चर्चा करें तो हमारे शास्त्रों में चँद्र द्वारा पृथ्वी की परिक्रमा, आवृत्ति, नक्षत्रों की गणना और अन्य खगोलीय पिंडों की जो सटीक जानकारी है उसे आप कैसे समझाएंगे? ज्ञान स्वयं को सिद्ध करता है। सत्य को प्रमाणों की आवश्यकता नहीं होती।

उदाहरण के लिए हमारे ज्योतिष शास्त्र के अनुसार कला भरणी नक्षत्र का गुण है, तो विलासिता अवगुण है। दृढ़निश्चयी होना मृगशिरा का गुण है, तो उतावलापन उसका अवगुण है। हंसमुख स्वभाव आर्द्रा का गुण है, तो अहंकार उसका अवगुण है। अश्विनी नक्षत्र का संबंध आभूषणों से है, आश्लेषा नक्षत्र का संबंध वाक्चातुर्य से है और मघा का स्वभाव ज़िद्दीपन है।"

"चलिए अब कथा का दूसरा पक्ष देखते हैं। ऋषियों ने पौराणिक कथाओं की रचना ही कुछ इस प्रकार से की है कि उसका समय के सापेक्ष सकारात्मक अर्थघटन किया जा सके।

कथा के अनुसार दक्ष कन्या विशालाक्षी रोहिणी के सौंदर्य, संवेदनशीलता

और कलानिपुणता ने चँद्र को आकर्षित किया था और इसी कारण वह अन्य कन्याओं की उपेक्षा करते थे लेकिन यदि इस कथा को तर्कपूर्ण दृष्टि से आज की समाज रचना के सापेक्ष में देखा जाए तो हमें ज्ञात होता है कि यह सब गुण और अवगुण हम सभी मनुष्यों में कम या अधिक मात्रा में पाए ही जाते हैं। क्या ऐसा हो सकता है कि आप किसी के वाक्चातुर्य से प्रेम करें और अन्य अवगुणों की उपेक्षा करें?

प्रेम स्वयं में पूर्ण होता है, वह सौंदर्य या कुरूपता, वाक्चातुर्य या मूढ़ता, कलानिपुणता या अज्ञानता, अहंकार या सौम्यता, स्वार्थ या परमार्थ पर निर्भर नहीं होता।

कुछ क्षणों के लिए मान लें कि चँद्र की मात्र एक ही पत्नी थी और वह उनके कुछ गुणों से प्रेम करते और कुछ गुणों की उपेक्षा तो क्या वह स्त्री नाराज़ नहीं होती? मैंने समय का यह चक्र घूमते हुए देखा है, किसी समय में बहुपत्नीत्व स्वीकार्य था, आज नहीं है किन्तु हमारी पौराणिक कथाएँ समय के बदलाव से परे हैं।"

सुधाकर और सुलग्ना बाण स्तंभ का यह विश्लेषण सुनने के बाद कुछ बोलने की स्थिति में नहीं थे। वह दोनों भी इन्हीं कारणों से विवाह के बन्धन में बंधना नहीं चाहते थे। उनका प्रेम पूर्ण नहीं था...!!

सुलग्ना ने निराशाजनक स्वर में कहा "यदि हमारा समग्र ग्रंथ साहित्य आज उपलब्ध होता तो ऐसे कितने ही रहस्यों से आवरण हट चुका होता।' बाण स्तंभ सुलग्ना का निराशावादी संवाद सुन कर बोले, "हमारे पूर्वज दूरदर्शी थे, उन्हें पता था कि भविष्य में लुटेरे आएंगे और सब साहित्य नष्ट कर देंगे। इसीलिए संभवतः उस समय श्रुति परंपरा का पालन करने का चलन था।"

जैसे-जैसे सूर्य मध्याह्न की ओर अग्रसर हो रहा था मंदिर में लोगों का जमावड़ा बढ़ता जा रहा था। जैसे ही स्तंभ के आस-पास यात्रियों का आवागमन शुरू हुआ उसने मौन धारण कर लिया। कुछ क्षण वह दोनों उनके साथ घटी अलौकिक घटना के बारे में सोचते हुए वहीं खड़े रहे और फिर उन्होंने मंदिर के परिक्रमा पथ की ओर प्रस्थान किया।

परिक्रमा करते हुए वह दोनों उकेरे गए शिल्पों का अवलोकन करने लगे। सप्त मातृकाएं और अष्टदिक्पाल जैसे अधिकांश देव-शिल्प पहचानने में वह दोनों असमर्थ थे। अपनी ही अज्ञानता पर दोनों लज्जित महसूस कर रहे थे।

चलते-चलते उन्होंने देखा कि परिक्रमा पथ पर, मंदिर की बाह्य भित्ति पर महादेव शिव की जंघा पर देवी उमा विराजमान थीं। महादेव उनको प्रेममय दृष्टि से निहार रहे थे और देवी उमा के चेहरे पर लावण्यमय लज्जा के भाव थे। ऐसा

लग रहा था मानों अभी महादेव उमा को आलिंगन में भर लेने वाले हों। चतुर्भुज महादेव और देवी के इस शिल्प में एक चुंबकीय आकर्षण था जिसे देखकर सुधाकर और सुलग्ना सम्मोहन में वहीं स्थिर हो गए।

उमा महेश्वर के शिल्प की ओर देखते हुए सुलग्ना ने अपनी कनिष्ठा अंगुली से सुधाकर की कनिष्ठा को थाम लिया। सुधाकर ने उसकी ओर देखा, दोनों की दृष्टि एक-दूसरे पर स्थिर हो गई। सुधाकर ने सुलग्ना को अपनी ओर खींचा और अपना मुख उसके कानों के पास ले जाकर धीरे से कहा "मैं तुम्हें तुम्हारे समस्त गुणों तथा अवगुणों के साथ जीवनभर के लिए स्वीकारने को तत्पर हूं। जीवन के हर पड़ाव पर मैं तुम्हारा साथ देने के लिए प्रतिबद्ध हूं। क्या तुम मुझे अपनाओगी? क्या तुम मेरे साथ विवाह करोगी?"

सुधाकर का यह प्रस्ताव सुनकर सुलग्ना के गालों पर लालिमा छा गई। वह शर्माते हुए सुधाकर की बाँहों में समा गई। उसकी झुकी हुई पलकों में आजीवन साथ देने का वचन था और मंद मुस्काते अधरों में प्रस्ताव की स्वीकृति थी। सुधाकर और सुलग्ना का यह मिलन देख रहे उमा महेश्वर प्रसन्नता से उन पर आशीर्वाद बरसा रहे थे।

* * *

बाण का एक अर्थ शिवलिंग भी होता है। बाण स्तंभ में तीर के स्थान पर त्रिशूल का होना इस स्तंभ को शिव के दो प्रतीकों से जोड़ता है।

मेरे सोमनाथ

सौंदर्य, सुकुमार, लावण्य से भरे-पूरे परिशुद्ध सौंदर्य पर मात्र बड़े नगरों की युवतियों का आधिपत्य नहीं होता। सौराष्ट्र क्षेत्र के उत्तुंग शिखर गिरनार की कंदराओं में, वन्य प्राणियों और कठोर जीवन कवन करने वाले भील समुदाय के एक नेस (आदिवासी गाँव) में ऐसा ही अद्वितीय सौंदर्य किसी पूर्णिमा के चंद्र की तरह अपनी शीतलता बिखेर रहा था। नेस के मुखिया वेगड़ाजी भील की कन्या, श्याम सौंदर्य की प्रतिमूर्ति 'राजबाई'!

उस दिन सुबह सवेरे नेस में चहल-पहल थी। वेगड़ाजी आगंतुक अतिथियों के आगत-स्वागत की तैयारियाँ कर रहे थे। भील समाज के वरिष्ठ जन बरगद के नीचे चबूतरे पर इकट्ठे हुए थे, तभी घटाओं से होते हुए कुछ अश्वारूढ़ युवाओं का आगमन हुआ। वेगड़ाजी तथा अन्य सभी अतिथियों के स्वागत में उठ खड़े हुए।

अश्वारोही दल की अगुवाई कर रहे नवयुवक हमीर जी गोहिल ने घोड़े से उतरते हुए वेगड़ाजी का अभिवादन किया। सफेद वस्त्रों में कमर पर बल खाती तलवार बांधे उस युवक की आँखों में बिजली सी चमकार थी। पाषाण सी कठोर छाती, फैले हुए कंधे और स्नायु बद्ध भुजाएँ उसके शौर्य की साक्षी भर रहे थे।

परंपरागत रूप से अतिथियों का स्वागत करते हुए छाछ का वितरण किया गया। एक-दूसरे का परिचय कराया गया और कुशल-मंगल पूछा गया। कुछ समय तक इधर-उधर की बातें चलती रहीं। मध्याह्न भोजन का समय हो चला था। राजबाई ने अपनी सखियों के साथ मिलकर ग्राम्य पाक-कला के उत्कृष्ट व्यंजन बनाए थे।

राजबाई ने बाजरे के रोटले, बैंगन का भरता और चूरमे के लड्डु जैसे व्यंजन अतिथियों को परोसने शुरू किए, व्यंजनों की सुगंध अतिथियों की क्षुधा को जागृत कर रही थी। भोजन परोसते हुए एक क्षण के लिए ही राजबाई और हमीर जी की आँखें एक-दूसरे से मिलीं। एक ओर हमीर सौंदर्यमूर्ति राजबाई की तरफ एकटक देखता रहा तो दूसरी ओर राजबाई ने लज्जा से अपनी पलकों को झुका लिया। दोनों युवा-हृदयों ने शायद उसी क्षण एक-दूसरे को अपना जीवन साथी मानने के लिए मूक सहमति दे दी थी। वेगड़ाजी की अनुभवी दृष्टि यह दृश्य देखकर भविष्य की योजना बनाने लगी।

संध्याकाल जब वेगड़ाजी तथा हमीर जी एकांत में बैठकर चर्चा कर रहे थे तब उस प्रौढ़ भील ने हमीर जी के समक्ष अपनी पुत्री का विवाह प्रस्ताव रखा। एक क्षण के लिए हमीर जी के चेहरे पर प्रसन्नता की रेखाएँ उभरीं और दूसरे ही क्षण उसके

मन ने उसे रोकते हुए कहा "रुक जा हमीर। तू जिस उद्देश्य को पूरा करने के लिए घर से निकला है उसमें गृहस्थी और परिवार के लिए कोई स्थान नहीं..."

वेगड़ाजी को हमीर जी की हिचकिचाहट समझने में देर नहीं लगी। उन्होंने उस नवयुवक को कहा राजबाई को हमीर जी के अभियान के विषय में बताया जा चुका है। दुर्भाग्यवश हमीर जी की अर्धांगिनी के भाग्य में महादेव ने वैधव्य लिखा था!

सब कुछ ज्ञात होते हुए भी राजबाई ने जीवनसाथी के रूप में एक ऐसा योद्धा चुना था जिसके भाग्य में वीरगति थी। राजबाई ने सप्तपदी में उस युवक को अपना जीवन अर्पित कर दिया था जो अपना मस्तक सोमेश्वर महादेव के चरणों में समर्पित करने का प्रण लिए घर से निकला था। उस दिन सौंदर्य ने शौर्य के गले में वरमाला डाली थी।

***

गिर की कंदराओं में सूर्योदय हो रहा था। चहुँओर पंछियों की चहचहाहट और जीवन का उल्लास व्याप्त था। जंगल जीवंत हो उठा था और जंगल के एक कोने में हमीर जी और राजबाई गंभीर चर्चा में व्यस्त थे।

राजबाई ने हमीर का हाथ अपने हाथों में लेते हुए उनके इस अभियान के बारे में पूछा। क्या कारण था जो एक नवयुवक को जूनागढ़ और सोमनाथ तक खींच कर लाया था?

कारण में जो प्रसंग कहा गया वह बहुत ही हृदय-द्रावक था। एक दिन जब हमीर जी घुड़सवारी करने के पश्चात घर लौटे और अपनी भाभी से खाना मांगा तब भाभी ने ताना मारते हुए कहा "देवरजी, आप तो ऐसे उतावले हो रहे हैं मानो सोगनाथ में केसरिया करने जाना हो।"

हमीर जी ने चौंककर पूछा "भाभी? क्या सोमनाथ पर संकट है?"

दिल्ली के तख़्त पर उस समय महमूद तुग़लक का शासन था और ज़फ़र खान उर्फ मुज़फ़्फ़र खान गुजरात का सूबेदार था। दिल्ली के कमजोर होते ही मुज़फ़्फ़र खान ने गुजरात को स्वतंत्र घोषित कर दिया। प्रभास पाटन को उसने अपने वफादार रसूल खान के हवाले कर रखा था। अन्य म्लेच्छ शासकों की भांति ही खान भी मुज़फ़्फ़र धर्मांध था। अवसर पाते ही उसने सोमनाथ मंदिर में पूजा-अर्चना करने पर पाबंदी लगा दी।

स्थानीय हिन्दू कब तक इस अन्याय को सहते। शिवरात्रि पर्व पर सोमनाथ दर्शन के लिए जुटे लोगों पर रसूल खान की सेना ने हमला बोल दिया। यह हिन्दुओं के धैर्य की पराकाष्ठा थी। लोगों ने एकजुटता दिखाते हुए रसूल खान की परिवार

समेत हत्या कर दी।

जब यह खबर बादशाह तक पहुंची तब वह आगबबूला हो उठा। मंदिर विध्वंस के लिए उसे बस एक अवसर की प्रतीक्षा थी और रसूल खान की हत्या ने उसे वह अवसर प्रदान कर दिया। बादशाह ने ज़फ़र खान को सोमनाथ विध्वंस का आदेश दिया।

जब ज़फ़र खान सोमनाथ की ओर कूच कर रहा था, मार्ग में आने वाले छोटे बड़े राज्यों के सामने शरणागति और पलायन के अलावा मृत्यु ही एकमात्र मार्ग था। कुछ ने शरणागति स्वीकार कर ली तो कुछ शासकों ने पलायन करने में भलाई समझी। मृत्यु का मार्ग कौन चुनता? सोमनाथ के लिए शौर्य प्रदर्शन करते हुए अपने प्राणों का बलिदान देने का साहस कौन करता? यह सौभाग्य हमीर जी को प्राप्त होना था।

अपनी भाभी के मुंह से ताना सुनते ही उनके हाथों से निवाला छूट गया। भरी थाली को अपने से परे करते हुए उन्होंने तलवार म्यान से निकाल ली। उनकी आँखें क्रोध से लाल हो उठीं। तत्क्षण उन्होंने घोषणा करते हुए प्रण लिया "जब तक हमीर जी के रक्त की अन्तिम बूंद में गर्मी रहेगी तब तक विधर्मियों के अपवित्र हाथ ज्योतिर्लिंग को स्पर्श नहीं कर पाएंगे।"

प्रभास

हमीर जी ने हवेली से बाहर क़दम रखते ही "हर हर महादेव" का जयघोष किया। जब तक वह गाँव की सरहद पार करते, २०० सिरफिरे घुड़सवार योद्धा अपने मस्तक सोमनाथ पर न्योछावर करने के लिए उनके साथ हो लिए।

जब हमीर जी राजबाई को यह सब बता रहे थे तब राजबाई उनकी आँखों में भक्ति, शौर्य और पराक्रम का प्रत्यक्ष दर्शन कर रहीं थीं।

* * *

घटनाक्रम तेजी से आगे बढ़ा, और फिर एक दिन वेगड़ाजी के गुप्तचरों ने वह संदेश सुनाया जो सुनने के लिए हमीर जी और उनके साथियों के कान तरस गए थे। ज़फ़र खान की सेना क़रीब आ चुकी थी।

हमीर जी ने वेगड़ाजी भील से अनुमति मांगी किन्तु धर्म रक्षा हेतु यह अवसर वेगड़ाजी भी कैसे जाने देते। उन्होंने हमीर जी और उनके साथियों के साथ अपने भील योद्धाओं को भी जोड़ दिया। हर कोई जानता था कि शत्रु का सैन्यबल सहस्त्रों में था, उनके पास हाथी घोड़े और अस्त्र-शस्त्रों का भण्डार था। मुट्ठीभर सरफिरों का इस विशाल सेना से टकराना साक्षात मृत्यु का आलिंगन करने समान था किन्तु हमीर जी और वेगड़ाजी के लिए यह शिव के चरणों में समर्पित कमल-पूजा से अधिक नहीं था।

जब हमीर जी नेस से सोमनाथ की प्रयाण कर रहे थे तब राजबाई के गर्भ में उनका अंश पल्लवित हो रहा था!

* * *

हमीर जी और उनके साथियों के सामने विनाश और निर्माण के प्रतीक समान भव्यातिभव्य सोमनाथ महादेव का महालय खड़ा था। हमीर जी के स्मृति पटल पर सोमेश्वर का पूरा इतिहास नदी की धारा जैसे बह चला।

प्रथम ज्योतिर्लिङ्ग के सबसे पुरातन निर्माता के रूप में सोम शर्मा का उल्लेख मिलता है लेकिन सोम शर्मा निर्मित इस मंदिर का नाश कैसे हुआ यह कोई नहीं जानता।

इसके पश्चात वल्लभी के मैत्रक शासकों ने सोमेश्वर का द्वितीय देवालय बनवाया था जिसका पुनरोद्धार संभवतः मूलराज सोलंकी ने मारुगुर्जर शैली में कराया। यह मंदिर की भव्यता और वैभव की कीर्ति विदेशों तक फैली और इसी कारण बुतशिकन महमूद गजनवी ने सोमनाथ पर आक्रमण किया।

जब महमूद ने अपनी विशाल क्रूर सेना के साथ सोमनाथ में प्रवेश किया तब मूलराज सोलंकी के प्रपौत्र भीमदेव ने वहाँ से पलायन करने में ही अपनी भलाई समझी। बलुआ पत्थरों से बना वह स्थापत्य आक्रांताओं के खड्ग झेल नहीं

पाया और सोमनाथ के खण्डन का कुख्यात प्रकरण लिखा गया। महमूद शिवलिंग के अवशेषों, स्वर्ण कलश और रत्नों समेत लूट का माल बैलगाड़ियों पर लाद कर स्वदेश लौटा।

महमूद के लौटने के पश्चात भीमदेव प्रथम ने भोज तथा तैलोचनपाल की सहायता से सोमनाथ का पुनरोद्धार कराया किन्तु दुर्भाग्यवश इस घटनाक्रम ने शत्रु को सोमनाथ का रास्ता दिखा दिया था।

गुजरात के यशस्वी महाराज सिद्धराज जयसिंह, कुमारपाल तथा भीमदेव द्वितीय जैसे भीमदेव प्रथम के वंशजों के राज्याश्रय में मंदिर नवपल्लवित हुआ। फिर से यहाँ आरती के घंटारव गूंजने लगे। फिर से महामृत्युंजय मंत्र के पाठ से परिसर में आध्यात्मिकता का संचार हुआ।

अलाउद्दीन खिलजी के सेनापति उलुघ खान ने कुमारपाल निर्मित सोमनाथ का विध्वंस किया। लेकिन विनाश कितना ही भयानक क्यों न हो, निर्माण से बड़ा नहीं हो सकता। चूड़ासमा शासक महिपालदेव ने सोमनाथ का नवनिर्माण कराने के साथ पवित्र शिवलिंग को भी पुनः प्रतिष्ठित किया।

इसा की चौदहवीं शताब्दी में पश्चिम से आए धर्मांध आक्रांता भारत भूमि पर नज़रें गड़ाए अवसर ढूंढ रहे थे। भव्य देवालयों की धरा पर काले साये मंडरा रहे थे। पिछली कुछ शताब्दियों से भारतवर्ष की सांस्कृतिक संपदा और वैभवी संपत्ति लूटने के उद्देश्य से विधर्मी प्रतिमा-भंजकों में सुमार अहमद शाह और महमूद बेगड़ा जैसे गुजरात के सुल्तानों की कुदृष्टि सोमनाथ पर हमेशा से ही रही थी। मुज़फ़्फ़र खान ने उसी शत्रु परंपरा का पालन किया था।

जो निर्माण नहीं कर सकते वह विनाश करते हैं। जिनकी आस्था के मूल में ही घृणा हो उनसे और अपेक्षा भी क्या की जा सकती है!

हमीर जी ने शिव महालय का अवलोकन करते हुए पाया कि इतने आक्रमणों का दंश झेलने के बावजूद प्रभास के किले में सुरक्षित यह मंदिर अपनी भव्यता को बनाए रखने में सफल रहा था।

शिवालय के मुख्य द्वार पर पर सूर्य, चँद्र, मंगल, बुध, बृहस्पति, शुक्र, शनि, राहु जैसे नव ग्रहों की चौकी बनी हुई थी। ब्रह्माणी, वैष्णवी, माहेश्वरी, इन्द्राणी, कौमारी, वाराही और चामुण्डा अथवा नारसिंही जैसी सप्त मातृकाएं गणेशजी तथा काल भैरव जी के साथ शोभायमान थीं।

मंदिर की बाहरी सतह पर पूर्व के इंद्र, दक्षिणपूर्व के अग्नि, दक्षिण के यम, दक्षिण पश्चिम के सूर्य, पश्चिम के वरुण, पश्चिमोत्तर के वायु, उत्तर के कुबेर तथा उत्तरपूर्व के सोम आदि अष्टदिक्पालों के अतिरिक्त शिव के विविध रूपों का शिल्पांकन किया गया था।

बारीकी से उकेरे गए गजपट्ट, अश्वपट्ट और व्यालि के शिल्प देवालय को अनुपम बना रहे थे। सुरा-सुंदरी का मनमोहक चित्रांकन इतनी कुशलता से किया गया था मानो वह अभी जीवंत होकर महादेव के समक्ष नृत्य प्रस्तुत करने वाले हों।

मंदिर की तीन दिशाओं में प्रवेश करने हेतु पाषाण तोरणद्वार बनाए गए थे। सोमनाथ महालय की दक्षिण दिशा में घोर गर्जना करते हुए समुद्र महादेव के चरण पखार रहा था। असंख्य स्तंभों से सजे नृत्य-मण्डप और गूढ़-मण्डप अपने कलात्मक वैभव का प्रदर्शन करते हुए गर्वित खड़े थे।

कैलाश महामेरू की प्रतिकृति समान शिखर के कलश पर सनातन धर्म का प्रतीक भगवा ध्वज प्रखरता से फहरा रहा था। मंदिर में घंटारव की पवित्र ध्वनि गूंज रही थी। पुजारी महादेव की पूजा में व्यस्त थे और गिने-चुने दर्शनार्थी कतार में खड़े भगवान के दर्शन की प्रतीक्षा कर रहे थे।

गर्भगृह के प्रवेश द्वार पर मंगलमूर्ति गणेशजी तथा महाबली हनुमान की सिंदूर से लिपी प्रतिमाएँ स्थापित की गई थी। गर्भगृह में महादेव शंभो विशाल लिंग के रूप में विराजमान थे। ताम्र वासुकी कुंडली लगाए उनको छत्र प्रदान कर रहा थे। स्वर्ण जलाधारी से शीतल जल महादेव का अभिषेक कर रहा था। महादेव के बिल्कुल पीछे शक्ति स्वरूपा भगवती पार्वती को स्थापित किया गया था।

हमीर जी ने गर्भगृह में प्रवेश किया। शिवबाण के समक्ष नतमस्तक होकर उन्होंने अपनी प्रतिज्ञा को दोहराया। क्षात्रतेज से ओतप्रोत क्षात्रों तथा भीलों की मुट्ठीभर सेना के साथ मुज़फ़्फ़र खान की विशाल सेना से भिड़ने का अर्थ प्रत्यक्ष मौत का आलिंगन था। यह जानते हुए भी हमीर जी गोहिल तथा वेगड़ाजी भील ने महादेव के चरणों में कमल-पूजा का निर्धार किया था।

हमीर जी ने गढ़ में मोर्चा संभाला तो जंगलों के अनुभवी वेगड़ाजी के बाणों से सज्ज भील सिपाही किले के बाहर व्यूह बना कर चौकी करने लगे।

* * *

अन्ततः वह दिन आ गया। म्लेच्छ सैन्य ने प्रभास गढ़ के द्वार पर दस्तक दी। नगरजनों में भय व्याप्त हो गया। वेगड़ाजी के धनुर्धरों ने वन की घटाओं, कंदराओं और पहाड़ों से गुरिल्ला युद्ध करते हुए ज़फ़र खान के सिपाहियों को मारना आरंभ किया। खुले मैदान में युद्ध की योजना बना कर आए खान की सेना भौचक्की रह गई। उनकी बलवान तोपें निरर्थक लगने लगी।

लेकिन इतनी विशाल सेना का मात्र तीरों और भालों से मुकाबला करना असंभव था। भील जनजाति के योद्धा वीरगति को प्राप्त करते हुए भी महादेव के जयकारे करते रहे। वेगड़ा जी की आँखें ज़फ़र खान को ढूंढ रही थीं लेकिन वह कायर अपने अंगरक्षकों के मध्य हाथी पर सवार सुरक्षित था।

एक-एक कर भील योद्धा अपने प्राणों की आहुति देते जा रहे थे और भील नायक वेगड़ाजी का धैर्य जवाब दे रहा था। वह अपने पूरे दम-खम से ज़फ़र खान के अंगरक्षकों को भेदते हुए अंदर जा पहुंचे लेकिन ऐसे युद्धों के लिए प्रशिक्षित गजराज ने भील सेनानायक को अपनी सूंड में जकड़ कर पटक दिया। कुछ ही क्षणों में उस पराक्रमी भील ने प्राण त्याग दिए।

जब वेगड़ाजी की वीरगति की खबर हमीर जी को दी गई तो उनका युवा खून खौल उठा और उस राजपूत ने सोमनाथ महादेव के रक्षण के लिए अपने अन्तिम हमले के लिए प्रयाण किया। ज़फ़र खान के सोमनाथ आक्रमण के समाचार मिले तब से ही अहोरात्र शिवालय में महामृत्युंजय मंत्र के पाठ हो रहे थे।

ब्राह्मणों ने स्वस्ति वचनों के साथ हमीर जी को विजय का आशीर्वाद दिया। विधर्मी सैन्य किले के दरवाजे पर खड़ा था और हमीर जी के राजपूत मित्र किले के रक्षण के लिए अन्तिम प्रयास कर रहे थे।

फिर वही हुआ जो विधाता ने प्रभास के भाग्य में लिखा था। मध्यरात्रि के समय किले का दरवाजा तोड़ते हुए शत्रु ने नगर में प्रवेश किया। धर्मभीरू जनता हाहाकार मचाते हुए पलायन करने लगी। शिवालय में घंटारव की ध्वनि तेज हुई।

सिरफिरे राजपूत युवकों के मृतदेहों से होते हुए ज़फ़र खान अब मंदिर के द्वार तक पहुंच चुका था किन्तु यहाँ उसके सामने सबसे बड़ी बाधा के रूप में भैरव रूप धारण किए हमीर जी खड़े थे।

हर हर महादेव के युद्धनादों से मंदिर का प्रांगण गूंज उठा। समुद्र भी हमीर जी के इस शौर्य से चकित कुछ कदम पीछे चला गया।

युद्ध के सारे नियमों को ताक पर रखते हुए ज़फ़र खान के सिपाहियों ने हमीर जी को घेर लिया। हमीर जी की तलवार बिजली की भांति चमक रही थी तभी किसी ने पीछे से वार करते हुए हमीर जी की गर्दन पर वार किया।

उस वीर का मस्तक धड़ से अलग होता उससे पहले ही उसने अपने बाएँ हाथ से अपना मस्तक संभाल लिया और दाहिने हाथ से युद्ध जारी रखा। सोमनाथ के प्रांगण में रक्त तांडव चल रहा था। दुश्मन सेनापति भी इस राजपूत युवक का शौर्य देख कर चौंक गया।

अन्तिम प्रहार करते हुए उसने हमीर जी का मस्तक धड़ से अलग कर दिया फिर भी मस्तकहीन शरीर कुछ क्षणों तक अपनी तलवार से शत्रुओं पर वार करता रहा। किन्तु दुर्भाग्यवश अन्त में वही हुआ जो विधाता का विधान था, एक ओर हमीर जी का देह धराशाई हुआ और दूसरी तरफ दुश्मनों ने सोमनाथ मंदिर में प्रवेश किया...!!!

यहाँ क्या हुआ था?

जून का महीना था और सौराष्ट्र क्षेत्र के समुद्र तट से गर्म हवाएँ सोमनाथ तीर्थ की यात्रा पर आए भक्तों को प्रस्वेद स्नान करा रही थी। अमूमन जून के अंत तक इस क्षेत्र में वर्षा का आगमन हो जाता है। वर्षा ऋतु से पहले बरसात की प्रतीक्षा करना अधिक कठिन होता है।

हालांकि इस क्षेत्र में आने वाले यात्रियों में भक्तों से अधिक पर्यटक होते हैं, जिनका उद्देश्य ज्योतिर्लिङ्ग दर्शन से अधिक पर्यटन होता है। सोमनाथ के मुख्य मंदिर में मोबाइल तथा कैमरे प्रतिबन्धित होने के कारण अधिकांश सेल्फी-प्रेमी जनता समुद्र तट पर या अन्य पर्यटन स्थल पर समय व्यतीत करना ज्यादा पसंद करते हैं।

ऐसे ही एक पर्यटक समूह ने अपने मोबाइल तथा कैमरे समेत प्रभास पाटन के पुरातत्व संग्रहालय में प्रवेश किया। मुख्य मंदिर के उत्तर दिशा में करीब एक किलोमीटर दूर स्थित, वर्ष के अधिकांश समय बंद रहने वाले इस संग्रहालय के शांत परिसर में अचानक से दर्जन भर पर्यटकों ने प्रवेश कर कोलाहल मचा दिया। वहाँ दोपहरी नींद में सुस्ता रहे श्वान के चेहरे पर नींद में ख़लल डालने वाले इन आगंतुकों के प्रति अनभिरूचि के भाव उभरे।

भारतीय पुरातत्व सर्वेक्षण द्वारा संचालित यह स्थान संग्रहालय से अधिक खण्डित प्रतिमाओं का स्टोर रूम है। कहते हैं कि इस जगह पर एक प्राचीन सूर्य मंदिर हुआ करता था। मूर्तिभंजकों के बारंबार आक्रमणों ने प्रभास के सभी प्राचीन स्थापत्यों को या तो नामशेष कर दिया था या फिर इतना खण्डित कर दिया था कि वहाँ फिर से देव पूजा संभव नहीं रही।

यह सूर्य मंदिर भी उनमें से ही एक था। सूर्यालय के अवशेषों में मूल सोमनाथ मंदिर की खण्डित प्रतिमाओं, स्तंभों, कलश और शिखर के अवशेषों तथा शिलालेखों को संग्रहित कर संग्रहालय का रूप दे दिया गया है।

जब आगंतुक पर्यटकों का समूह वहाँ आया तब संग्रहालय में उनके उपरांत गिने-चुने ही मुलाकाती थे। कॉलेजियन पर्यटकों में चार लड़कियाँ भी थी। सभी युवक युवतियों ने दस मिनट के भीतर पूर्ण संग्रहालय का दौरा कर लिया। वहाँ देखने लायक कुछ भी नहीं था और उससे भी अधिक निराशाजनक बात यह थी कि वहाँ सेल्फी लेने के लिए भी उपयुक्त बैकग्राउंड नहीं था। गर्मी के कारण पसीने से लथपथ कुछ पर्यटक दरवाजे की तरफ रखी बेंच पर बैठ गए।

बेंच के सामने लकड़ी की अलमारी की ताक पर से कुछ कांच की बोतलें

झाँक रहीं थीं। पर्यटकों में से दो युवक तथा एक युवती उन बोतलों का अवलोकन करने के लिए आगे बढ़े, बेंच पर बैठे एक युवक ने उन्हें छेड़ते हुए कहा "बोतलों में कुछ काम की चीज मिले तो यहाँ भी पास ऑन कर देना।" बाकी सभी युवा ठहाके लगाते हुए हँसने लगे। निश्चित रूप से उन्होंने उन बोतलों में रखे प्रवाही की तुलना शराब से की थी।

अलमारी के पास खड़े तीनों युवा बोतलों पर लगे लेबल पढ़ने का प्रयास कर रहे थे। पीछे बेंच पर हंसी-ठिठोली चल रही थी। तभी उनके पीछे धूप में खड़े, उनकी गतिविधियों का अवलोकन कर रहे एक प्रौढ़ ने कुछ कठोरता से पूछा "कुछ मिला उन बोतलों में?"

अलमारी के पास खड़े तीनों युवकों ने पीछे मुड़कर उनकी ओर देखा। वह करीब पचपन वर्ष की आयु के पतले और गौर वर्ण के प्रौढ़ थे। उनके भाल पर भस्म का त्रिपुण्ड बना हुआ था और उन्होंने सफेद रंग की शर्ट और काली पैंट पहन रखी थी। शर्ट का ऊपरी बटन खुला होने के कारण उसमें से उनके गले में पहनी रुद्राक्ष माला का दर्शन हो रहा था। उनके चेहरे पर भाव सौम्य थे लेकिन उनके स्वरों में कठोरता झलक रही थी।

"क्या हुआ, जवाब दो, कुछ मिला उन बोतलों में?" उन्होंने कुछ मुस्कुराते हुए फिर से अपना प्रश्न दोहराया। तीनों झेंप गए। पूरे ग्रुप में यह तीनों ही थोड़े गंभीर प्रतीत हो रहे थे। मयूर, शार्दुल और नंदिनी ने तत्काल क्षमा याचना करते हुए प्रौढ़ के सामने हाथ जोड़ दिए। वह देख कर मुस्कुराते हुए उन्होंने फिर से पूछा "बोतलों में क्या मिला?" अब पूरे ग्रुप के युवाओं का ध्यान इस प्रश्न पर केन्द्रित हो चुका था। बाकी बचे युवा भी अलमारी के पास पहुंचे और ध्यान से उन बोतलों का अवलोकन करने लगे। अब तक वह प्रौढ़ व्यक्ति उनके करीब आ गए थे।

उन पारदर्शी बोतलों में पानी ही था। बोतलों पर कुछ लेबल लगे हुए थे परंतु वह इतनी पुरानी थी कि शायद ही कोई पर्यटक उन पर लिखा पढ़ने की ज़हमत उठाता होगा। नंदिनी ने कुछ बोतलों पर लिखे लेबल ऊंची आवाज में पढ़ते हुए बोलना शुरू किया, "सरयू नदी का जल, कृष्णा नदी का जल, तुंगभद्रा नदी का जल... अरब सागर का जल, हिंद महासागर का जल...", हाँ, यह तो विभिन्न प्रदेशों की नदियों और जलाशयों के जल के नमूने थे। उसने पीछे मुड़ते हुए प्रौढ़ से कहा "यह तो नदियों के जल संभाल कर रखे गए हैं।" लेकिन यह सुनते ही प्रौढ़ ने दूसरा प्रश्न उठाया "इन नदियों के जल को यहाँ संग्रहित क्यों किया गया है?" उनके पूछने का लहज़ा साफ-साफ इंगित कर रहा था कि वह उन युवाओं के अज्ञान का मज़ाक बना रहे थे।

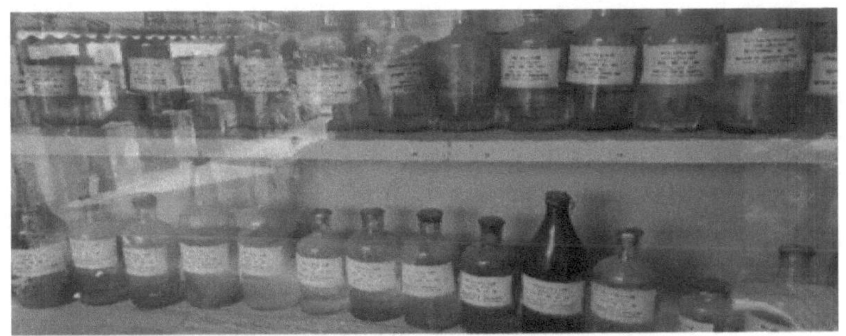

प्रौढ़ के प्रश्न सुनकर मयूर, शार्दुल और नंदिनी के मन में जिज्ञासा उत्पन्न हो ही चुकी थी। प्रौढ़ मुस्कुरा रहे थे। हालांकि उन तीनों के उपरांत किसी भी अन्य को प्रौढ़ के इन प्रश्नों में रुचि नहीं थी यह देख कर वह प्रौढ़ आगे बढ़ गए। प्रौढ़ की पीठ को देखते हुए एक ने कहा "बहुत पका रहा था बुड्ढा।" लेकिन तब तक नंदिनी उनके पीछे चल दी थी। नंदिनी को देख कर मयूर और शार्दुल भी प्रौढ़ के पीछे हो लिए। बाकी युवा वहीं बेंच पर बैठे रहे।

प्रौढ़ जैसे ही संग्रहालय से बाहर जाने के लिए आगे बढ़े, पीछे से मयूर ने उन्हें रोकते हुए कहा "क्या आप हमें नहीं बताएंगे उन बोतलों में संग्रहित जल का किस्सा?" यह सुनते ही वह पीछे मुड़े, उन्होंने कहा "सहस्रों वर्षों के संघर्ष की कहानी संग्रहित है उन बोतलों में और इन वर्षों की कालरात्रि के दौरान अनंत बलिदानों और काल के कठोर आघातों के पश्चात हुए सूर्योदय को समेट कर मौन बैठी उन बोतलों की कहानी सुनने का धैर्य क्या आप तीनों में है?" नंदिनी ने आगे बढ़कर उनका हाथ थामते हुए कहा "यदि आप हमें नहीं बताएंगे तो हमें कैसे पता चलेगा?"

नंदिनी के बस इतना कहने की देर थी और प्रौढ़ उनके साथ हो लिए। संग्रहालय के बीचों-बीच स्थित खुली जगह पर अनेक खण्डित प्रतिमाओं को छोटे-छोटे प्लेटफार्म बना कर रखा गया था। प्रवेश द्वार के बिल्कुल सामने खुले हिस्से से होते हुए वह चारों सामने वाले अंधेरे कक्ष में प्रवेश कर गए। वह कक्ष भी किसी समय पुरातन मंदिर का मण्डप या गर्भगृह रहा होगा। वहाँ कुछ और खण्डित शिल्प संग्रहित किए गए थे। हालांकि उन क्षतविक्षत शिल्पों तथा अन्य सामग्री का विवरण ना के बराबर ही था। ऐसा लग रहा था कि संग्रहालय बना कर बस एक उत्तरदायित्व निभा दिया गया था।

जब तक वह लोग उस कक्ष तक पहुंचे तब तक बातूनी स्वभाव की नंदिनी ने प्रौढ़ से बातचीत शुरू कर दी थी। युवाओं का वह समूह बाइकर्स ग्रुप का हिस्सा था। यूनिवर्सिटी परीक्षाओं के पश्चात हर वर्ष वह लोग ऐसे ही बाइकिंग पर निकल

पड़ते थे।

कक्ष में पहुंचते ही प्रौढ़ ने पुरातन स्थापत्य के एक टूटे हुए हिस्से की ओर इशारा करते हुए कहा "वहाँ देखो, उस शिला पर सोमनाथ यात्रा के लिए आए हुए यात्रियों का चित्रण किया गया है। आज के आधुनिक युग में हम सभी के पास परिवहन के साधन हैं लेकिन उन दिनों इतनी सुविधाएँ नहीं थीं।" तीनों युवाओं ने नजदीक जाकर देखा तो वहाँ करीबन आधे फुट के पत्थर पर वृत्ताकार भाग में कुछ मनुष्याकृतियाँ उकेरी गई थी। मध्य में एक पुरुष अपने कंधों पर झोली टांगे खड़ा था। उसकी दोनों ओर दो महिलाएं अपने सर पर खाने-पीने की सामग्री लादें चल रही थीं। पुरुष की अंगुली थामे एक बालक उसके साथ चल रहा था। सबसे रसप्रद यह था कि उस पुरुष ने अपने कन्धे पर एक छोटे बालक को बिठाया हुआ था।

तीनों युवा यह उत्कीर्णन देख कर आश्चर्यचकित रह गए। वह कुछ देर पहले ही अपने दोस्तों के साथ इस कक्ष में आ चुके थे किन्तु उन्होंने यह शिल्प अनदेखा कर दिया था। जब वह तीनों इस यात्री परिवार का अवलोकन कर रहे थे तब प्रौढ़ ने एक अन्य तेरहवीं शताब्दी के कांवड़ यात्री के शिल्प की ओर संकेत करते हुए कहा "यह शिल्प उन करोड़ों यात्रियों की स्मृति है जो अनेक कष्ट सह कर सोमेश्वर ज्योतिर्लिङ्ग के दर्शन करने यहाँ आते थे और क्षरणशील पाषाण की इन आकृतियों की आँखों में उन करोड़ों श्रद्धालुओं के स्वप्न हैं जो यहाँ तक कभी पहुंच ही नहीं

 प्रभास

पाए।"

सोमेश्वर सुनते ही शार्दुल ने पूछा "लेकिन अंकल, इस ज्योतिर्लिंग का नाम तो सोमनाथ है ना?" प्रौढ़ ने कहा "सरस्वती, कपिला तथा हिरण्य नदियों के संगम पर स्थित इस तीर्थ का इतिहास बहुत पुराना है मेरे बच्चों! महाभारत के वन पर्व तथा भागवत महापुराण की कथाओं में इस स्थान का वर्णन मिलता है। स्कंद पुराण में इस क्षेत्र का विस्तृत वर्णन किया गया है। यह वही जगह है जहाँ चंद्रदेव तपश्चर्या कर के शापमुक्त हुए थे। महादेव की कृपा से चंद्र की ग्रहण से मुक्ति हुई थी और उनका अनंत-क्षय रुका था।"

"यही वह भूमि है जहां भगवान कृष्ण ने अपने यादव कुल का अंतकलह और विनाश देखा था। भगवान कृष्ण ने देहत्याग और वैकुंठ गमन के लिए भी इसी पावन भूमि का चयन किया था। सोमनाथ क्षेत्र का मूल नाम कुशावर्त था। उन दिनों यादवों की नगरी द्वारिका को कुशक्षेत्र कहा जाता था। गिरनार को रैवातक कहा जाता था।"

"जब हम इस ज्योतिर्लिंग के उल्लेख शिलालेखों में ढूंढते हैं तब भद्रकाली मंदिर के बारहवीं शताब्दी के शिलालेखानुसार हमें ज्ञात होता है कि सतयुग में सोम ने इस स्थान पर सुवर्ण के शिवालय का निर्माण कराया था, त्रेता में दशानन रावण द्वारा चांदी का, द्वापर में श्री कृष्ण द्वारा काष्ठ निर्मित और कलियुग में भीमदेव प्रथम द्वारा पाषाण का स्थापत्य निर्माण किया गया था।"

"यदि हम इस ज्योतिर्लिंग के नाम का मूल ढूंढें तो प्रभास खण्ड के अनुसार इस लिंग को ब्रह्मा के प्रथम कल्प में मृत्युंजय, द्वितीय में कृत्तिवास, तृतीय में अमृतेश, चतुर्थ में आपमय, पंचम कल्प में व्याघ्रचर्मवासा, छठे कल्प में भैरवेश्वर और सातवें कल्प में सोमनाथ कहा गया है।"

"हालांकि यह तो हमारे ग्रंथों का विवरण है लेकिन जब हम पुरातत्व और दस्तावेजों का अभ्यास करें तो हमें पता चलता है कि ईसा पूर्व प्रथम या द्वितीय शताब्दी में पाशुपत संप्रदाय के आचार्य, शिवावतार सोम शर्मा का प्रभास क्षेत्र में आगमन हुआ था और उन्होंने ही सोमेश्वर का प्रथम स्थापत्य निर्माण कराया था। पाशुपत संप्रदाय के चिह्न सरस्वती सभ्यता की मुद्राओं में भी देखे जा सकते हैं, इनमें योगिक मुद्रा में बैठे पाशुपत शिव तथा नंदी प्रमुख हैं।"

"पांचवीं सदी में कालिदास की रचना रघुवंश में वह अपने समय के कुछ प्रसिद्ध शिव तीर्थों का उल्लेख करते है जिनमें वाराणसी के विश्वेश्वर, अवंती के महाकालेश्वर के उपरांत त्र्यंबकेश्वर, प्रयाग, पुष्कर, गोकर्ण तथा प्रभास को भी सम्मिलित किया गया है।"

कक्ष में चारों ओर खण्डित प्रतिमाओं के साथ जलाधारी, प्रवाला, मण्डोवर के कुंभ कलश, केनाल, जाडम्ब इत्यादि के अवशेषों को संभाल कर रखा गया था। प्रौढ़ के मार्गदर्शन में तीनों युवा आगे बढ़े।

नंदिनी ने पूछा "यहाँ ग्यारहवीं शताब्दी से पंद्रहवीं शताब्दी तक के अवशेष दिख रहे हैं। प्रतिमाओं के निर्माण काल के इतने फर्क का क्या कारण हो सकता है?"

प्रौढ़ ने सोमनाथ मंदिर का इतिहास आगे बताते हुए कहा "द्वितीय सोमेश्वर देवालय वल्लभी के मैत्रक राजा धरसेन ने सातवीं शताब्दी में बनवाया था। शैव उपासना का वह दौर संभवतः विध्वंस और निर्माण के सतत चलने वाले चक्र का सबसे सुंदर कालखंड रहा होगा क्योंकि अरब के ख़लिफ़ हिशम के सिंध प्रांत में नियुक्त गवर्नर जुनैद ने संभवतः ७२५ में सौराष्ट्र के वल्लभी पर आक्रमण किया और मैत्रकों द्वारा निर्मित देवालय ध्वस्त किया। यह घटना धर्मांधता का प्रथम पड़ाव बनी। इसके पश्चात म्लेच्छ लुटेरों की कुदृष्टि सदैव के लिए सोमनाथ पर आ पड़ी।"

नंदिनी ने कहा "इसका अर्थ सोमनाथ पर एक से अधिक बार आक्रमण किया गया था?"

प्रौढ़ ने अपनी बात जारी रखते हुए कहा "पाशविक आक्रमणों का यह वृत्तांत लंबा है, धैर्य से सुनना। अरब आक्रमण से पूर्व मंदिर कैसा था और अरबों ने सोमनाथ के भक्तों पर क्या अत्याचार किए इसका कोई प्रमाण नहीं मिलता किन्तु इसके बाद जो घटनाक्रम घटा उससे अनुमान लगाना कतई कठिन कार्य नहीं है।" मयूर ने पूछा "अरबों के बाद किसने मंदिर का पुनर्निर्माण कराया?" मयूर की आँखों में उभर रही उत्कंठा बता रही थी कि वह आगे का वृत्तांत सुनने के लिए आतुर है।

"जब ईसा के आठवें शतक के उत्तरार्ध में गुजरात के चालुक्य शासक मूलराज ने लाल बलुआ पत्थरों से महामेरु प्रासाद का निर्माण कराया तब वह भव्य देवालय सोमनाथ का तृतीय मंदिर बना। नौंवी शताब्दी में प्रतिहार शासक नागभट्ट द्वितीय ने सौराष्ट्र क्षेत्र में अपनी सोमनाथ तीर्थयात्रा का उल्लेख किया है।"

"ग्यारहवीं शताब्दी की शुरुआत में सोमनाथ महादेव का वैभव अपने चरम पर था। अणहीलवाड़ पाटण के महाराज भीमदेव ने सोमनाथ मंदिर पर अपने धन-वैभव का अभिषेक कर दिया। शिल्पकारों और स्थपतियों ने अपनी कला को महादेव के चरणों में बिखेरा। यह एक ऐसा अद्वितीय स्थापत्य था जिसकी तुलना में शायद ही विश्व का कोई स्थापत्य टिक पाया होगा लेकिन सनातन धर्म के वैभव का यह प्रतीक क्षणजीवी था। अफगानिस्तान से महमूद गजनवी के आक्रमण

ने सोमनाथ का इतिहास बदल कर रख दिया। महमूद की पैशाचिक वृत्तियों के परिचय के लिए उसके सोमनाथ से पहले किए गए अभियानों को जानना बहुत आवश्यक है।"

प्रौढ़ निरंतर बोले जा रहे थे। लग रहा था कि वह आगंतुक पीढ़ी को वह सब बता देना चाहते थे जिसे हमारे पाठ्यक्रम में कभी स्थान ही नहीं दिया गया। उन्होंने अपनी बात आगे बढ़ाते हुए कहा-

"महमूद इससे पहले थाणेश्वर, पेशावर, नगरकोट जैसे भारतीय राज्यों पर आक्रमण कर चुका था। नगरकोट के प्रसिद्ध वज्रेश्वरी देवी के मंदिर की लूट में उसे सात लाख स्वर्ण मुद्राएँ, पच्चीस हजार किलोग्राम वजनी पूजा में उपयोग किए जाने वाले सोने चांदी के बर्तन और सात हजार किलोग्राम के रत्न प्राप्त हुए थे। इसके बाद महमूद का लालच बढ़ता ही गया। मानो शेर ने खून चख लिया था।"

"सन १०१४ में उसकी बर्बर सेना कुरुक्षेत्र के तीर्थ थाणेश्वर में उतर आई... इस लूट का परिणाम महमूद की विकृत मानसिकता का प्रमाण देने के लिए पर्याप्त हैं। नगर में प्रवेश करते ही उसने सबसे पहले मंदिर के पुजारियों तथा कर्मचारियों की निर्ममता से हत्या कर दी किन्तु इतने रक्तपात से उस राक्षस का मन नहीं भरा और उसने अपने सैन्य को हत्याकांड का आदेश दे दिया और इसके पश्चात करीब दो लाख निर्दोषों की निर्ममता से हत्या कर दी गई।"

"थाणेश्वर में क़त्लेआम के बाद लूट का दौर शुरू हुआ और लूट से भी मन नहीं भरा तब उसने हिंदूओं के इष्ट देवताओं की प्रतिमाओं को नष्ट करने का फैसला सुनाया। प्रतिकार करने के लिए नगर में कोई भी नहीं बचा था।"

"जब थाणेश्वर से महमूद वापस गजनवी लौटा तब उसके पास वैभवी खजाना, दो लाख बेड़ियों में जकड़े हिंदू गुलामों के उपरांत देव प्रतिमाओं के खण्डित अवशेष भी थे। हिंदूओं को अपमानित करने हेतु उसने वह सभी अवशेषों को गजनवी नगर की सड़कों पर जड़वा दिया ताकि सड़क से गुजरने वालों के जूतों से उन अवशेषों को रौंदा जा सके।"

"नगरकोट और थाणेश्वर के बाद महमूद की कुदृष्टि हिंदूओं के पवित्रतम स्थान मथुरा पर पड़ी। सन १०१८ में वह फिर से एक बार विशाल सैन्य लिए भारत में आ धमका। सरहदी राज्यों को भेदते हुए कोई म्लेच्छ सैन्य मथुरा तक आ सकता है यह तो किसी ने कल्पना भी नहीं की थी।"

"जब वह मथुरा पहुंचा तब उस श्रीक्षेत्र की रक्षा के लिए कोई भी नहीं था। उसे थाणेश्वर और वज्रेश्वरी की लूट से मथुरा और कन्नौज से अधिक धन और गुलाम प्राप्त हुए लेकिन इससे भी अधिक दुर्भाग्यपूर्ण यह था कि उसने अपने

मूर्तिभंजन का सिलसिला जारी रखा। मूर्तियां तोड़ने के बाद उन पवित्र मंदिरों को आग के हवाले कर दिया गया। मथुरा का नगर ध्वस्त करने के बाद महमूद का आत्मविश्वास आसमान छू रहा था। उसकी लालची आँखों में भारत के मंदिरों का वैभव प्रतिबिंबित हो रहा था।"

"अफगानिस्तान से जिस मार्ग पर महमूद चला था वहाँ से प्रभास पाटन की दूरी पंद्रह सौ किलोमीटर से अधिक थी और दुःख की बात यह है कि इस विस्तृत मार्ग पर कोई भी ऐसा योद्धा नहीं था जिसमें महमूद को रोकने का सामर्थ्य था। अंतर्कलह से ग्रस्त भारत भूमि का इससे बड़ा दुर्भाग्य क्या ही होता।"

"गजनवी का महमूद अपनी विशाल सेना लिए मरूभूमि को पार कर गुजरात में प्रवेश कर गया। सन १०२६ का जनवरी माह था। उन दिनों प्रभास पाटन व्यापार का महत्वपूर्ण स्थान था और मालसामान के साथ-साथ भारत के वैभव और मंदिरों की बातें भी विदेशी शासकों तक पहुंचाने में इस बंदरगाह का महत्वपूर्ण योगदान रहा।"

"सोमनाथ तीर्थ क्षेत्र की बात करें तो यहाँ एक सहस्र ब्राह्मण नित्य पूजन के लिए कार्यरत थे। तीर्थयात्रियों के मुण्डन हेतु सात सौ से अधिक नाई सेवा दे रहे थे।"

"महमूद की एक लाख की महाकाय पैदल सेना और तीस हजार ऊंट सवार सिपाहियों की ख़बर लगते ही भीमदेव ने पलायन करने में ही समझदारी मानी। जब महमूद के सैन्य ने सोमनाथ नगर में प्रवेश किया तब वहाँ प्रतिकार करने के लिए निहत्थे ब्राह्मण और तीर्थयात्री थे। उनके पास शस्त्र नहीं थे होते तो भी उनका उपयोग करने में वह निर्दोष जन असमर्थ थे। क्रूर आक्रमणकारियों और बलुआ के मुलायम पत्थरों से बने शिवालय के मध्य में निर्दोष भक्त बांध बने खड़े थे। यह हथेली से समुंदर का ज्वार-भाटा रोकने जैसा निरर्थक प्रयास था।"

"कुछ भक्त इस समय भी सोच रहे थे कि आसमान को चीरते हुए भगवान शिव प्रकट होंगे और उनकी रक्षा करेंगे लेकिन श्रद्धा और अंधश्रद्धा में एक बड़ी खाई होती है जिसे बिना ठोकर खाए नहीं समझा जा सकता। सोमनाथ के प्रांगण में अर्धलक्ष निर्दोष भक्तों की रक्त चादर से होते हुए उस निर्मम हत्यारे ने मंदिर में क़दम रखा।"

जब प्रौढ़ महमूद की क्रूरता का वर्णन कर रहे थे तब नंदिनी की आँखों के सामने वह पाषाण में उकेरा गया निर्दोष यात्री परिवार आ खड़ा हुआ। वह पाषाण परिवार यदि बोल सकता तो उनपर किए गए अत्याचारों का वर्णन करता लेकिन पाषाण कहां बोल पाते हैं।

"मंदिर का दृश्य देख कर उसकी आँखें चौंधिया गईं। नृत्य मण्डप के स्तंभों

पर सोने चांदी से जड़े शिल्पों को अमानुष तरीके से उखाड़ लिया गया। पुखराज, नीलमणि, माणिक और पन्ने जैसे कीमती रत्न तथा पूजा के लिए उपयोग में लिए जाने वाले कलात्मक स्वर्णिम देव विग्रहों को बड़े पिटारों में भर लिया गया।"

"जब महमूद मंदिर के गर्भगृह में पहुंचा तब उसकी आँखें फटी की फटी रह गईं। गर्भगृह में मात्र एक ही दीपक प्रज्ज्वलित था और अंधकारमय गर्भगृह में जड़े मूल्यवान रत्नों की चमकदार सतह पर परावर्तित हो रही उस ज्योति ने समग्र गर्भगृह को प्रकाशित कर दिया था।"

"जैसे मात्र एक ज्योति से पूरे गर्भगृह को प्रकाशमान किया गया था वैसे ही भगवान शिव का यह ज्योतिर्लिङ्ग समस्त भारतवर्ष की चेतना को अपनी आध्यात्मिक ऊर्जा से प्रकाशित कर रहा था।"

"लिंग से लिपटे हुए सर्प को बहुमूल्य रत्नों से सजाया गया था। जलाधारी को शिखर से टांगने के लिए उपयोग में ली गई स्वर्ण जंजीर का वज़न १६०० किलोग्राम था। महादेव की सवारी नंदी की प्रतिमा को भी स्वर्ण से जड़ा गया था।"

"महमूद ने सोचा कि जैसे गर्भगृह में प्रज्जवलित उस एक ज्योति को बुझा कर गर्भगृह में अंधेरा किया जा सकता था वैसे ही भारतवर्ष को प्रकाशित करने वाले इस ज्योतिर्लिङ्ग को नष्ट कर के समग्र राष्ट्र को अंधकार में धकेला जा सकता है।"

"धर्मांधता की क्रोधाग्नि में जलते महमूद ने स्वयं को सबसे बड़ा मूर्ति-भंजक साबित करने के लिए खड्ग से महादेव के उस पुण्य ज्योतिर्लिङ्ग पर प्रहार किया… भड़ाम…!! भड़ाम…!! भड़ाम…!! महाबलशाली प्रहारों से ज्योतिर्लिंग खण्ड-खण्ड होते हुए भू-तल पर बिखर गया।"

प्रौढ़ के मुख से ज्योतिर्लिङ्ग के खण्डन का यह वर्णन सुनकर शार्दुल के रोम-रोम में एक सिहरन सी दौड़ गई। नंदिनी की आँखें नम हो उठीं। मयूर का चेहरा क्रोध से लाल हो उठा।

प्रौढ़ ने कहा "महमूद के दरबारी फारुख सिस्तानी ने अपने वृत्तांत में सोमनाथ विध्वंस दर्ज किया है। अलबरूनी ने लिखा, गजनवी ने शिवलिंग का एक खण्डित भाग गजनवी नगर के महल की सीढ़ियों में ऐसे जड़ा कि लोग अपने पैरों को उसपर साफ कर सके।"

"मात्र चार वर्ष बाद सन १०३० में महमूद की मृत्यु हो गई लेकिन तब तक भीमदेव और सिद्धराज जयसिंह के प्रयासों से गुर्जर-मारू शैली में चतुर्थ मंदिर का निर्माण किया जा चुका था और भाव बृहस्पति उसका व्यवस्थापन संभालते थे। ग्यारहवीं शताब्दी के मध्य में प्रवासी जैनुलअकबर ने भारतवासियों के लिए सोमनाथ क्षेत्र का महत्व दर्शाने के लिए उसकी तुलना मुस्लिमों के मक्का से की।"

"सन् ११६९ में कुमारपाल और जैनाचार्य हेमचंद्र ने सोमनाथ का दौरा किया। मंदिर को रखरखाव की आवश्यकता थी इसलिए मंदिर का जीर्णोद्धार कैलाश महामेरु प्रासाद के रूप में कराया गया। सोमनाथ की समृद्धि फिर से एक बार लौट आई थी।सन् १२१६ में भीमदेव द्वितीय ने मंदिर का विस्तार कराते हुए मेघनाथ मण्डप का निर्माण कराया। इसके उपरांत भीमदेव द्वितीय ने सोमनाथ में पांच शिवमंदिर बनवाए। तटवर्ती प्रदेश होने के कारण प्रभास क्षेत्र पहले से ही व्यापार वाणिज्य का केन्द्र रहा था। तेरहवीं शताब्दी में विश्व यात्री मार्को पोलो ने इस बात की पुष्टि करते हुए सोमनाथ को व्यापार के लिए महत्वपूर्ण स्थल बताया।"

"सन् १२८७ में सारंगदेव वाघेला तथा पाशुपत संप्रदाय के आचार्य ने भी शिवालय की विस्तार वृद्धि का कार्य जारी रखा।

इसी समयकाल में स्थानीय राजा की सहायता से नुरुद्दीन ने प्रभास क्षेत्र में अन्य स्थान पर मस्जिद का निर्माण किया। कहते हैं कि मस्जिद में आने वाला धन मक्का मदीना भेज दिया जाता था।"

बातें करते हुए वह चारों नटराज शिव की प्रतिमा के सामने आ रुके... वह प्रतिमा इतनी क्रूरता से खण्डित की गई थी कि उसके सभी हाथ, पैर और मस्तक नामशेष हो चुके थे। किन्तु वह प्रतिमा प्रतीकात्मक रूप से कह रही थी कि नटराज का तांडव नृत्य चलता रहा... तेरहवीं शताब्दी के अन्त में भारत के क्रूरतम बुतशिकन अलाउद्दीन खिलजी के सेनापति अलफ़ खां उर्फ उलुघ खान ने गुजरात पर विनाशकारी आक्रमण किया और गुजरात के शासक कर्ण देव को पराजित कर वह सोमनाथ के मार्ग पर आगे बढ़ा। अमीर खुसरो के अनुसार सन् तेरहवीं शताब्दी के अन्त में अलाउद्दीन खिलजी की सेना ने कुमारपाल निर्मित भव्य सोमनाथ मंदिर का विध्वंस किया और शिव प्रतिमा (लिंग) को दिल्ली दरबार में भेज दिया और इस तरह से सोमनाथ क्षेत्र का फिर से एक बार अपने आराध्य देव से वियोग हुआ।

अब तक शान्ति से वृत्तांत सुन रहे शार्दुल से अब रहा नहीं गया और उसने पूछा "क्या हिंदू शासक इतने कमज़ोर थे कि बारंबार हो रहे आक्रमणों के बावजूद वह इस शिवक्षेत्र की रक्षा करने में असफल रहे?"

प्रौढ़ ने उसके प्रश्न का उत्तर लंबित रखते हुए अपनी बात जारी रखी- "गिरनार शिलालेख के अनुसार जूनागढ़ के चूड़ासमा शासक महिपालदेव ने चौदहवीं शताब्दी के में सोमनाथ देवालय का मरम्मत कार्य कराया और महिपाल के पुत्र खेंगार ने इस देवालय में शिवलिंग को प्रतिष्ठित किया। किन्तु चौदहवीं शताब्दी के अन्त में फिर से म्लेच्छ सैन्य का आक्रमण हुआ, मुज़फ़्फ़र खान /ज़फ़र खान ने अपनी धर्मांधता का परिचय देते हुए सोमनाथ पर हमला बोल दिया। उसने प्रभास क्षेत्र में मस्जिद बनवा कर बड़े स्तर पर धर्मांतरण अभियान चलाया।"

"म्लेच्छ शासकों का लक्ष्य था विध्वंस और हिंदुओं का ध्येय था निर्माण...
जब हमारे पूर्वज निर्माण के लिए समर्थ नहीं थे तब भी उन्होंने किसी भी परिस्थिति
में इस स्थान पर पूजा आराधना जारी रखी। हिंदुओं के पास सैन्य बल नहीं था और
ना ही वह क्रूरता में उन धर्मांधों से मुकाबला कर सकते थे पर फिर भी सनातन धर्म
की जीजिविषा के बल पर यहाँ कभी भी पूजा-पाठ नहीं रुका।"

"पंद्रहवीं शताब्दी में भी स्थानीय जनता के पुरुषार्थ से ध्वस्त मंदिर का मरम्मत
कार्य और शिवपूजन चलता रहा। अब तक अरबों, गजनवी के महमूद, अलाउद्दीन
खिलजी तथा मुज़फ़्फ़रखान जैसे बुतशिकनों ने सोमनाथ पर आक्रमण किया था।
वह लोग सिर्फ मंदिर ध्वस्त कर के नहीं रुकते, हर आक्रमण के साथ लूट, हत्याएँ,
बलात्कार और जीवित पकड़े गए लोगों का जबरन धर्मांतरण भी किया जाता था।"

"कुछ सशक्त युवकों का बलात् पुंसत्वहरण (castration) कर के उन्हें नपुंसक बना दिया जाता। अलाउद्दीन खिलजी ने ऐसे ही एक युवक का धर्मांतरण कर उसे मलिक काफूर नाम दिया था, बाद में वह समस्त भारतवर्ष के अनेक मंदिरों के विनाश का कारक बना। अभी तक आपने मात्र पंद्रहवीं शताब्दी तक का ब्यौरा सुना है किन्तु यह सिलसिला यहीं नहीं रुका..."

संग्रहालय में रखी माता पार्वती की खण्डित प्रतिमा देख रही नंदिनी से रहा नहीं गया, माँ पार्वती के विग्रह के स्तनों को तोड़ दिया गया था उनके चेहरे को विकृत कर दिया गया था... यह देख कर उसने रोष से पूछा "आखिरकार यह लोग चाहते क्या थे? किसी का धर्मस्थल तोड़कर इन्हें क्या मिलता था? इतनी सुंदर प्रतिमाओं को निर्दयता से तोड़ कर उन्होंने क्या पाया?"

प्रौढ़ ने प्रत्युत्तर में कहा "खंडन में भी पाशविक सुख ढूंढने वालों की आज भी कमी नहीं है... आज भी भारत जैसे लोकतांत्रिक देश में सन् २००२ के जम्मू के रघुनाथ मंदिर पर, सन् २००६ में वाराणसी के हनुमान मंदिर परिसर में और सन २००२ में गांधीनगर के अक्षरधाम मंदिर पर आतंकी संगठनों द्वारा हमले हो ही रहे हैं। यह तो कुछ उदाहरण मात्र हैं। सत्य और असत्य का संघर्ष चलता रहा है और आगे भी चलता ही रहेगा। जो लोग निर्माण नहीं कर सकते वह विध्वंस में सुख ढूंढते हैं।"

मयूर ने पूछा "क्या हम उन्हें उनकी ही भाषा में जवाब नहीं दे सकते?", उसकी आँखों में क्रोध था, "रक्त का प्रतिशोध रक्त इस कुचक्र को रोकने का सही तरीका नहीं होता?" उसकी भृकुटी तनी हुई थी। प्रौढ़ ने सौम्य हास्य बिखेरते हुए कहा "क्रूरता के उत्तर में क्रूरता से सिर्फ विनाश होगा, सृजन नहीं! हमारा उद्देश्य सृजन था, विनाश नहीं।"

मयूर इस उत्तर से संतुष्ट नहीं हुआ लेकिन उसके पास इस यक्षप्रश्न का और कोई उत्तर नहीं था इसलिए वह मौन रहा। प्रश्नों का सिलसिला रुकते ही प्रौढ़ ने फिर से अपने वृत्तांत का सूत्र जोड़ते हुए कहा "सोलहवीं शताब्दी में सुल्तान अहमद शाह ने गुजरात की राजधानी कर्णावती पर अधिकार स्थापित किया और उसने सबसे पहले उसका नाम बदल कर अहमदाबाद रख दिया। गुजरात सल्तनत के यह सुल्तान भी गजनवी और खिलजी के पदचिन्हों पर चलने के लिए आतुर थे।"

"महमूद बेगडा उर्फ फतेहखान ने भी सत्ता प्राप्त करने के बाद यही किया, उसने सोमनाथ मंदिर पर आक्रमण कर दिया। महमूद की सेना ने गर्भगृह से शिवलिंग हटा दिया और मंदिर के अवशेषों पर मस्जिद का बेढंग सा ढाँचा खड़ा करने का विफल प्रयास किया लेकिन यह ढाँचा केवल ढाँचा ही रहा, इसका उपयोग कभी नमाज़ के लिए नहीं किया जा सका। गुजरात के सुल्तानों के अथक प्रयासों के

पश्चात भी अगले करीब डेढ़ सौ वर्षों तक यहाँ शिवोपासना चलती रही । शिव भक्त समय-समय पर मंदिर का रख-रखाव और मरम्मत कार्य कराते रहे... लेकिन जब शिवभक्त अपने आराध्य देव के महालय का जीर्णोद्धार करा रहे थे तब दिल्ली में राजकीय उथल-पुथल मची हुई थी । शाहजहाँ के बेटे आलमगीर ने अपने ही भाइयों को मौत के घाट उतार दिया था और वह उनके रक्त से सने तख़्त पर आसीन हो गया ।"

जगदीश, मयूर और नंदिनी तन्मयता पूर्वक यह वृत्तांत सुन रहे थे । वह सभी तब तक एक छोटे से कमरे में आ चुके थे । वहाँ आधे दर्जन के करीब शिलालेख संग्रहित किए गए थे ।

प्रौढ़ बोले "सन १६७०, औरंगजेब के शासन काल में फिर से एक बार देवालय का पतन हुआ, इस बार औरंगजेब के आदेश पर सोमनाथ का मंदिर पूरी तरह से मस्जिद में रुपांतरित कर दिया गया । जिसे अपने भाइयों पर दया नहीं आई उससे और क्या ही अपेक्षा रखी जाती! यह सोमनाथ तीर्थ पर बड़ा आघात था, इसके पश्चात लंबे समय तक यह मंदिर उपेक्षित अवस्था में पड़ा रहा ।"

औरंगजेब के शासनकाल में ही दक्कन में छत्रपति शिवाजी महाराज के रूप में एक बड़ी चुनौती आ चुकी थी । सन 1705 में धनाजी जाधव ने मुग़ल सैन्य को रतनपुर में पराजित किया और सोमनाथ की सीमा पर फिर से एक बार 'हर हर महादेव' की गर्जना सुनाई देने लगी । वडोदरा के दामाजी गायकवाड़ अपनी सेना के साथ नित्य सौराष्ट्र क्षेत्र में आ धमकते । हालांकि इस समयकाल में भी सोमनाथ का देवालय खण्डित अवस्था में ही था ।

अब तक मौन रहे मयूर ने पूछा "फिर? फिर किसने यहाँ महादेव का पुनर्स्थापन किया?"

"इंदौर की महारानी देवी अहिल्याबाई," प्रौढ़ की आँखों में यह नाम लेते हुए आदर के भाव उभरे "भोलेनाथ की अनन्य भक्त और भारत भूमि पर मंदिरों के पुनरोद्धार की पुरोधा, देवी अहिल्याबाई होळकर!"

सन १७८३ में महारानी अहिल्याबाई होळकर ने छत्रपति शिवाजी महाराज के हिंदवी स्वराज्य के संकल्प में योगदान देते हुए मूल मंदिर से कुछ दूरी पर नये मंदिर का निर्माण कराया । यह स्थापत्य कलात्मक नहीं था किन्तु यह हमारे स्वाभिमान और संकल्प का प्रतीक अवश्य ही था ।"

"उन्नीसवीं सदी में जब जूनागढ़ में नवाबी शासन था तब भी वडोदरा के गायकवाड़ ने नवाबों को नियंत्रण में रखते हुए निश्चित किया कि सोमनाथ की पवित्रता भंग ना हो और यात्रियों से जजिया ना वसूला जाए । फिर भी ब्रिटिश दौर

आने के पश्चात नवाबों ने यात्रियों पर कर लगा दिया। गायकवाड़ ने इसका पुरजोर विरोध किया और नवाबों के सतत प्रयासों के बावजूद यात्री निःशुल्क यात्रा करते रहे। गुजरात में हिंदवी शक्तियों के हस्तक्षेप के बाद सोमनाथ क्षेत्र में एक ठहराव आया किन्तु अभी भी मूल स्थान खंडहर ही था। इसके पश्चात अहिल्याबाई निर्मित सोमनाथ मंदिर में शिवार्चना स्वतंत्रता प्राप्ति तक निर्बाध रूप से चलती रही।"

"विध्वंस और निर्माण का खेल चलता रहा, महादेव हिंदुओं की आस्था की परिक्षा लेते रहे लेकिन अभी मूल स्थान पर खण्डित अवशेष भी थे। मूल स्थान पर मंदिर निर्माण में बड़ी अग्नि परीक्षा अभी बाकी थी..."

नंदिनी ने पूछा " भारत की स्वतंत्रता के बाद तो सत्ता के सूत्र हमारे ही नेताओं के हाथ में थे... फिर भी? अब मंदिर निर्माण में कौन अड़ंगा डाल सकता था?"

प्रकोष्ठ में विष्णु, शिव, गणेश और अन्य देवताओं की मूर्तियों के साथ ऋषियों और तपस्वियों की प्रतिमाएँ यह संवाद सुन कर मंद-मंद मुस्कुरा रही थीं। उन्हें भी आज की पीढ़ी की उपेक्षा और प्रमाद पर हंसी आ रही थी। जिस मंदिर की रक्षा के लिए इनके पूर्वज खप मरे उसके इतिहास का उनकी संतति को भान तक नहीं था।

प्रौढ़ बोले "भारत की स्वतंत्रता के समय सोमनाथ का मंदिर जूनागढ़ रियासत का भाग था और जूनागढ़ के नवाब मुहम्मद महाबत खान ने भारत में विलय करने से इंकार कर दिया था।" उसका मूर्खतापूर्ण तर्क यह था कि समुद्र मार्ग से जूनागढ़ की सीमा पाकिस्तान से मिलती है और इस कारण जूनागढ़ का विलय भारत में नहीं, पाकिस्तान में होना चाहिए।"

"यह पूरी तरह से गलत निर्णय था। उस समय भी जूनागढ़ रियासत की बहुसंख्यक आबादी हिंदू थी। सरदार पटेल ने जूनागढ़ जाने वाले ईंधन तथा कोयले

की आपूर्ति को रोक दिया। भारतीय सेना जूनागढ़ की सीमा पर घेरा डाल कर खड़ी थी। रियासत में आंतरिक विद्रोह भी चरम पर था, उस समय जूनागढ़ के दीवान शाहनवाज़ भुट्टो ने भारत सरकार को मंत्रणा के लिए आमंत्रित किया।"

"जूनागढ़ का स्वतंत्र भारत में विलय होना आज के इस भव्य सोमनाथ मंदिर के निर्माण की प्रथम सफलता थी।" मयूर ने उन्हें रोकते हुए पूछा "प्रथम सफलता? मंदिर निर्माण में अभी भी कोई अवरोध बाकी था?"

प्रौढ़ ने कहा "अब तक विध्वंसक भी विदेशी थे और निर्माण में अड़ंगा डालने वाले भी विदेशी थे लेकिन इस बार वह कोई विदेशी नहीं थे, वह हमारे देश के माननीय प्रथम प्रधानमंत्री थे और यह स्वतंत्र भारत की करूणता ही थी।"

"१३ नवंबर, १९४७, भारत के पश्चिमी तट पर अगाध समुद्र की अंजलि भरते हुए, सोमेश्वर ज्योतिर्लिंग के क्षत विक्षत अवशेषों से, सरदार पटेल ने सोमनाथ मंदिर के पुनर्निर्माण का संकल्प लिया। सरदार पटेल के इस संकल्प के साथ सांस्कृतिक पुनरोत्थान का स्वतंत्र भारत का प्रथम आंदोलन शुरू हुआ।"

नेहरू सरकार के बड़े नेता चाहते थे कि सोमनाथ के पुनर्निर्माण में भारत सरकार का योगदान हो लेकिन प्रधानमंत्री इसके विरुद्ध थे। एक बार कैबिनेट बैठक के बाद नेहरू जी ने मुंशी जी को बुलाया और अपनी मंशा साफ करते हुए कहा "I don't like your trying to restore Somnath. It is Hindu revivalism."

मुंशी जी ने प्रत्युत्तर में कहा "In its name, minorities are immune from such attention and have succeeded in getting their demands, however unreasonable, accepted."

"यह संवाद अब विवाद में बदल चुका था। जब सोमनाथ जीर्णोद्धार का संकल्प सरदार पटेल ने लिया था तभी से नेहरू और सरदार के बीच एक दरार का निर्माण हो चुका था। गांधीजी ने हमेशा की तरह इस मामले में भी मध्यम मार्ग का चयन किया। बिना किसी का पक्ष लिए भी उन्होंने नेहरू की बात का भी समर्थन किया। गांधीजी के अनुसार मंदिर निर्माण अवश्य हो लेकिन इसके लिए सरकारी खजाने का उपयोग नहीं होना चाहिए।"

समय के साथ तथाकथित धर्मनिरपेक्षता का तुष्टिकरण में परिवर्तित हो जाना कोई आश्चर्य की बात नहीं है। कन्हैयालाल मुंशी ने इस विषय में लिखा था कि "यह मेरे इतिहास में मेरी श्रद्धा ही है जिसने मुझे वर्तमान में जीने की और भविष्य के बारे में सोचने की शक्ति दी है मैं उस स्वतंत्रता का पक्षधर नहीं जो मुझे श्रीमद्भगवद्गीता से दूर ले जाए और करोड़ों भारतीयों को उनकी भक्ति और उनके मंदिरों से...

यह मेरा विश्वास है कि यदि सोमनाथ का जीर्णोद्धार हुआ तो स्वतंत्रता के बाद इन कठिन दिनों में ना सिर्फ देशवासियों की आस्था सुदृढ़ होगी बल्कि उनका आत्मबल भी बढ़ेगा।"

"अनेक बाधाओं के साथ ज्योतिर्लिंग का पुनरोद्धार आरंभ हुआ। सभी का मत था कि मूल स्थान पर ही नवनिर्माण हो इसलिए कन्हैयालाल मुंशी द्वारा अवशेषों का विधिपूर्वक खण्डन कर उन अवशेषों को संग्रहित करने के आदेश दिए।"

"मंदिर की नींव डालने के लिए जब उत्खनन किया गया तब मंदिर की उत्तरी भित्ति में चार छिद्र मिले जो संभवतः जलाधारी के निकास मार्ग होंगे। इन चार छिद्रों में करीब पच्चीस फिट का अन्तर है। इन्हीं छिद्रों की स्थिति से अनुमान लगाया जा सकता है कि मंदिर का कितनी बार जीर्णोद्धार किया गया होगा। इसमें सबसे ऊपरी छिद्र महिपाल देव द्वारा निर्मित स्थापत्य, उसके डेढ़ फीट नीचे भीमदेव द्वितीय और कुमारपाल द्वारा निर्मित किया गया। सबसे नीचे वाला छिद्र वही जिसका विध्वंस महमूद गजनवी ने किया था और इसका निर्माण काल सातवीं शताब्दी में मैत्रकों द्वारा किया गया होने की मान्यता है।"

"सबसे नीचे द्वितीय शताब्दी में क्षत्रपों द्वारा निर्मित शिवालय के सभागृह के अवशेष मिले जिसका अर्थ यह था कि एक ही स्थान पर दो हजार वर्ष से ज्योतिर्लिंग विद्यमान रहा है।"

"उत्खनन और अवशेषों को सुरक्षित हटाने के पश्चात जाम साहेब दिग्विजय सिंह जी ने शिला रख कर भूमि-पूजन किया और निर्माण कार्य का विधिवत आरंभ कराया। नवनिर्मित सोमनाथ महादेव के प्रवेश द्वार को दिग्विजय द्वार नाम दिया गया है।"

सोमनाथ के विध्वंस और निर्माण के चक्र की चर्चा करते हुए वह चारों फिर से उसी स्थान पर आ चुके थे जहां से इस संवाद का आरंभ हुआ था। उनके सामने वही शीशियाँ थीं जिससे उन तीनों को इस समग्र वृत्तांत को जानने समझने का अवसर मिला था। उनके बाकी के साथी अभी भी वहीं बेंच पर बैठे हुए थे।

यात्राओं का तात्पर्य मात्र घूमना फिरना और अच्छा खाना नहीं होता, यात्राएं आपको वैविध्यपूर्ण लोगों से मिलने का अवसर प्रदान करती हैं। कुछ यात्राएँ आपको अतीत से और कड़वे सच से भेंट कराती हैं लेकिन इसके लिए आप में भी सीखने का, समझने का उत्साह होना चाहिए और अपने सुविधा क्षेत्र से बाहर निकलने का साहस होना चाहिए। जो यह साहस जुटा पाते हैं वह नया सीखते हैं और बाकी सभी बेंच पर बैठे रह जाते हैं।

प्रौढ़ ने अन्तिम अध्याय पूरा करते हुए कहा "सरदार पटेल, कन्हैयालाल

मुंशी और गाडगिल जैसे सरकार में अहम पद पर बैठे व्यक्तियों का सोमनाथ मंदिर के निर्माण में बढ़-चढ़ कर भाग लेना प्रधानमंत्री नेहरू को रास नहीं आया लेकिन उनके क्रोध की कोई सीमा नहीं रही जब भारत के राष्ट्रपति बाबू राजेंद्र प्रसाद ने भी मंदिर निर्माण में रुचि लेते हुए सोमनाथ ज्योतिर्लिंग की प्राण-प्रतिष्ठा करने के लिए हामी भरी।"

मई, 1951 में नेहरू की नाराज़गी के बावजूद भारत के राष्ट्रपति श्री राजेंद्र प्रसाद सोमनाथ मंदिर पहुंचे जिसकी कीमत उन्हें बाद में चुकानी पड़ी। सोमनाथ पहुंच कर उन्होंने कहा "'सोमनाथ मंदिर इस बात का परिचायक है कि पुनर्निर्माण की ताक़त हमेशा तबाही की ताक़त से ज़्यादा होती है।" राष्ट्रपति महोदय का यह भाषण ऑल इंडिया रेडियो ने किनके आदेशों पर प्रसारित नहीं किया इसका अनुमान लगाना मुश्किल नहीं है। राजेन्द्र बाबू ने आगे कहा-

"जैसे विष्णु की नाभि में ब्रह्मा विद्यमान हैं, वैसे ही हर मानव के हृदय में आस्था विद्यमान है और यही आस्था विश्व की हर शक्ति, हर आयु हर संपदा और हर सेना से अधिक शक्तिशाली है। पुराने दिनों में भारत समृद्धि का गढ़ था हमारे पास सोने-चांदी की अपूर्व संपदा थी जिसका अधिकांश भाग मंदिरों में था मुझे इस बात का पूर्ण विश्वास है कि सोमनाथ का जीर्णोद्धार उसी समृद्धि का जीर्णोद्धार है।"

वे लोग अब अलमारी में रखी शीशियों के समक्ष खड़े थे। उन शीशियों में भिन्न-भिन्न नदियों का जल रखा गया था जिसका उपयोग मंदिर निर्माण से पहले भूमि पूजन के दौरान किया गया था। प्रौढ़ ने एक लंबी सांस छोड़ते हुए कहा "भूमि पूजन के लिए भारतीय नदियों के जल का उपयोग किया जाना था। किन्तु जो देश "वसुधैव कुटुंबकम्" की संकल्पना पर चलता रहा है उसके सबसे बड़े स्थापत्य निर्माण में पूरे विश्व की प्रमुख नदियों का जल उपयोग किया जाना चाहिए। सनातन संस्कृति का मूल मंत्र और उद्देश्य भी विश्व कल्याण ही तो है। श्री राजेन्द्र प्रसाद ने अन्य देशों से जल मंगवाने का प्रस्ताव रखा लेकिन मंदिर निर्माण के शुरू से ही विरोधी रहे प्रधानमंत्री ने बैंकॉक के भारतीय राजदूत को पत्र लिखकर पूछा, "यह पानी की शीशी और उसके बैंकॉक से भारत परिवहन का खर्च क्यों न आपसे ही वसूला जाए?" जिस धर्म के करोड़ों वीरों ने आहुतियाँ दीं, जिस देश ने कभी किसी दूसरे देश पर आक्रमण नहीं किया, उसके करोड़ों नागरिकों को स्वतंत्रता के बाद भी अपने ध्वस्त हो चुके आस्था के प्रतीकों के पुनर्निर्माण में अपराध-बोध क्यों कराया जा रहा था? स्वतंत्रता के सत्तर साल बाद आज भी हमें ही दोषी ठहराया जाता है। पीड़ितों को अपराधी ठहराने का यह उपक्रम किसी भी अन्य देश में नहीं है।"

"आज भी नालंदा जाने वाले यात्रियों को जिस बख्तियार खिलजी ने नालंदा

को जलाया उसी आक्रांता के नाम पर बने बख्तियारपुर रेलवे स्टेशन का उपयोग करना पड़ता है। जिसने भारत का विभाजन किया उसकी तस्वीर महाविद्यालय से हटाने पर विवाद हो जाता है। मूर्खता की अति यह है कि विद्यालयों में आक्रांताओं का गुणगान किया जाता है और स्वधर्म की रक्षा हेतु खप मरे योद्धाओं की उपेक्षा की जाती है।"

नंदिनी ने पूछा "सनातन संस्कृति पर किए गए हर प्रहार के पश्चात फिर से हम लोग राख में से पुनर्जीवित होने की क्षमता रखते हैं लेकिन यह कब तक चलेगा? क्या इसका कोई स्थायी समाधान नहीं है?" प्रौढ़ ने प्रत्युत्तर में कहा "स्थायी तो इस जगत में कुछ भी नहीं है और जहां विश्व की अन्य विचारधाराएँ समय को रेखीय मानने की भूल करती हैं वहीं हमारे ग्रंथों में समय को चक्रीय माना गया है। चक्र चलता रहेगा और साथ ही संघर्ष भी चलता रहेगा।"

वृत्तांत पूरा करते हुए प्रौढ़ के पक्ष्म पर अश्रुबिंदु उभरे। उनके स्वर में एक भारीपन सा प्रतीत हो रहा था। शार्दुल ने उनकी हथेली में अपनी हथेली रखी। उन ऊष्मा भरे हाथों में आश्वासन था। प्रौढ़ ने अपनी बात पूरी करते हुए कहा "अन्य पंथों की भांति हमारे मंदिर मात्र प्रार्थना स्थल नहीं हैं। यह सामाजिक और सांस्कृतिक चेतना के केंद्र हैं। मनुष्य के सर्वांग, संपूर्ण विकास की कुँजी इन्हीं मंदिरों में है। सोमनाथ पुनः प्राप्त कर लिया गया है। न्यायालय में वर्षों तक चली सुनवाई के पश्चात अयोध्या में राम मंदिर का निर्माण भी शुरू हो चुका है लेकिन सांस्कृतिक पुनरोत्थान का यह संघर्ष चलता रहा है और सदैव चलता रहेगा।"

शिक्षित–अशिक्षित

सुबह के पाँच बजे गुजरात स्टेट हाईवे को चीरती हुई एक पॉश औडी कार चली जा रही थी। जैसे ही कार ने हाईवे छोड़ कर वेरावल नगर में प्रवेश किया, ड्राइव कर रहे मिश्रा जी ने मुस्कुराते हुए बगल की सीट पर बैठी उनकी पत्नी की ओर देखा। दोनों के मुख से स्वत: स्फूर्त 'ॐ नमः शिवाय' का उद्गार प्रकट हुआ। पिछली सीट पर अपने आई-फ़ोन में व्यस्त लावण्या के मुंह से तिरस्कार प्रकट करते हुए "ऑर्थोडॉक्स ब्राउन पेरेंट्स" शब्द निकले।

बचपन से कॉन्वेंट स्कूल में पढ़ी लावण्या के लिए यह यात्रा किसी दु:स्वप्न से कम नहीं थी। वह तो इस यात्रा में जुड़ना भी नहीं चाहती थी किन्तु माता-पिता के दबाव के कारण वह मना नहीं कर सकी। हालांकि अहमदाबाद से वेरावल पहुंचने तक उसकी झुंझलाहट कभी खीझ के रूप में तो कभी क्रोध के रूप में प्रत्यक्ष या परोक्ष रूप से प्रकट होती रही थी।

उसके लिए यह समझना बड़ा ही मुश्किल हो रहा था कि इन रूढ़िवादी मंदिरों में ऐसा क्या ही था जो उसके पिता ने वार्षिक एक बार मिलने वाली छुट्टियों को यहाँ बिताने का मन बनाया था। दस दिन की छुट्टी का इससे अच्छा उपयोग तो गोवा या आगरा जैसी जगहों पर ही किया जाना उचित होता। गोवा के समुद्र तट तथा वहाँ के गोथिक शैली की चर्च में ली गई तस्वीरें उसे इंस्टाग्राम पर हजारों लाइक्स दिलवा देती।

दूसरी ओर आगरा के ताजमहल की खूबसूरती देखने विदेशी पर्यटक खिंचे चले आते हैं। विश्व में भारत की पहचान बन चुके प्रेम की निशानी समान ताजमहल के बदले सोमनाथ, द्वारिका की यात्रा करना ही उसके लिए मूर्खता की चरम सीमा थी। शायद इसीलिए उसने अब्बास के अलावा किसी को अपनी इस यात्रा के विषय में नहीं बताया था। वैसे भी मंदिरों की यात्रा के बारे में बता कर वह अपने कामरेड सर्कल में मज़ाक का पात्र नहीं बनना चाहती थी। यदि कामरेड सर्कल में सबको पता चल जाता कि वह सपरिवार मंदिर दर्शन के लिए जा रही है तो पता नहीं उसका क्या हाल होता। उसकी इतनी मेहनत से बनाई रूढ़ियों को तोड़ने वाली स्त्रीवादी, प्रगतिशील युवती की छवि को जो नुकसान पहुँचता वह अलग।

लावण्या की प्रगतिशीलता और स्त्रीवादी सोच की झलक उसके सभी सोशल मीडिया प्रोफाइल पर she/her के रूप में मौजूद थी। माता-पिता से छुपते-छुपाते ही सही सिगरेट और शराब जैसे रूढ़ियों को तोड़ने वाले नशे करना भी उसके लिए नयी बात नहीं थी। हालांकि कामरेड सर्कल के बाकी सभी सदस्य ड्रग्स और सेक्स

जैसे नशे करके उससे कहीं ज़्यादा आगे बढ़ चुके थे और इसी वजह से लावण्या आजकल डिप्रेशन में रहने लगी थी। यदि रूढ़िवादी मानसिकता से ग्रस्त पिता के पैसे उसकी विलासित जीवनशैली का मुख्य स्रोत ना होते तो वह कब की इन बेड़ियों को तोड़कर निकल चुकी होती।

* * *

हाईवे की मख़मली सड़क छोड़ कर वेरावल नगर में प्रवेश करते ही बारिश के कारण सड़क पर बने बड़े-छोटे गड्ढों ने यात्रा का अनुभव खट्टा कर दिया था। मिश्रा जी लावण्या को सोमनाथ तथा प्रभास क्षेत्र के मंदिरों के विषय में कुछ बताने का प्रयास कर रहे थे लेकिन उसके चेहरे पर छपे अनमने भावों से स्पष्ट था कि उसे यह सब जानने में कोई दिलचस्पी नहीं थी।

मिश्रा जी ने उसे सोमनाथ ज्योतिर्लिंग के बारंबार हुए विध्वंस तथा पुनर्निर्माण के बारे में बताया तो उसका विद्रोह फूट पड़ा। उसका तर्क था कि यदि स्वतंत्रता के पश्चात यहाँ मंदिर के स्थान पर अस्पताल तथा स्कूल बनवाए गए होते तो समाज को कितना फ़ायदा होता। उसके यह तर्क-वितर्क सुन कर मिश्रा जी ने मौन रहना ही हितकर समझा। यही वाद-विवाद घर में भी कई बार हो चुका था और मिश्रा जी को पता था कि लावण्या को समझाने का हर प्रयास अन्त में उसके क्रोध तथा अपमानपूर्ण व्यवहार से ही पूरा होता था। संभवतः इसीलिए उस विवश पिता ने मौन रह कर विवाद को उठते ही दबा दिया।

* * *

एक बड़े पाषाण द्वार से होते हुए करीब पौने छह बजे उन्होंने सोमनाथ क्षेत्र में प्रवेश किया। सूर्य के सारथी अरुण ने केसरी आभा से अंधकार में उर्जा का संचार किया। नवनिर्मित भव्य देवालय की व्यवस्था को सुचारू रूप से चलाने के लिए यहाँ अत्याधुनिक इन्फ्रास्ट्रक्चर का प्रयोग किया गया है। उन्होंने सोमनाथ ट्रस्ट द्वारा संचालित पार्किंग में प्रवेश किया। यहाँ उनको जानकारी दी गई कि यहाँ से ज्योतिर्लिंग करीब डेढ़ किलोमीटर दूर स्थित है।

लावण्या के लिए डेढ़ किलोमीटर पैदल चल कर उस पत्थर के टुकड़े को देखने जाना मूर्खता से अधिक कुछ नहीं था। उसने स्वभावगत विद्रोह करते हुए मंदिर जाने से मना कर दिया। उसकी माँ उसे कुछ कहती उससे पहले ही मिश्रा जी ने उन्हें आँखों के इशारे से मौन रहने का निर्देश दिया। मिश्रा जी के मौन का बस एक ही कारण था कि वे यात्रा के दौरान किसी भी प्रकार का विवाद नहीं चाहते थे।

माता-पिता के वहाँ से जाते ही लावण्या ने फेसबुक पर 'Feeling sad' का स्टेटस अपडेट किया। उसने सोने का प्रयास किया लेकिन उसे नींद नहीं आई।

इंस्टाग्राम, वोट्सएप्प, फेसबुक, ट्विटर पर सभी की टाइमलाइन स्क्रोल कर चुकी थी। वह जानती थी कि स्नान इत्यादि निपटाने के बाद दर्शन करने में उसके माता-पिता को अच्छा खासा समय लग जाएगा। अभी तो यात्रा का पहला ही दिन था और वह ऊब चुकी थी।

* * *

लावण्या ने कार से बाहर निकलते हुए ऑडी को लॉक किया। जैसे-जैसे सूरज चढ़ता जा रहा था पार्किंग में यात्री वाहनों की संख्या बढ़ती जा रही थी। अधिकांश यात्री देव-दर्शन के लिए आतुर जान पड़ते थे। बसों में आने वाले यात्री बस में से उतरते ही हर-हर महादेव, ॐ नमः शिवाय तथा सोमनाथ महादेव के जयकारे लगाते। रूढ़िवादी मानसिकता से ग्रस्त इन लोगों को देख कर लावण्या का दिमाग आपा खोता जा रहा था। पार्किंग से बाहर निकलते हुए उसकी आँखें किसी पीत्जा या बर्गर शॉप को ढूंढने लगीं। कुछ छोटे-मोटे फूड स्टॉल के अलावा वहाँ कोई भी अच्छा रेस्तरां नहीं था।

* * *

यह सब देख कर उसका मन झुंझला उठा था तभी उसके सामने करीब दस वर्ष का एक बालक आ खड़ा हुआ। उसकी बड़ी, आशावादी आँखों में भर-भर कर घोला गया काजल और चेहरे पर लगाया गया पावडर देख कर लावण्या की हँसी छूट गई। सफेद शर्ट और ग्रे कलर का हाफ़ पैंट पहने उस बालक का वर्ण सांवला था। बैक-पैक के नाम पर किसी की पुरानी जींस को काट-कूटकर बनाया गया बस्ता उसके कंधों पर टंगा हुआ था। हाथ में कपड़े की छोटी सी थैली और पैरों में बिना मोज़े पहने जूते। कपड़े की थैली से कुछ बिल्वपत्र और फूल झाँक रहे थे। वह मेदस्वी नहीं था फिर भी उसके बड़े गाल के कारण वह गोल-मटोल दिख रहा था।

अभी बस सुबह के छह बजे थे और लग रहा था कि वह स्कूल जाने से पहले फूल बेचकर अपने परिवार की आर्थिक सहायता करने का प्रयास कर रहा था। उसने थैली में से कुछ फूल और बिल्वपत्र निकाल कर लावण्या के सामने आशाभरी दृष्टि से देखा। लावण्या ने ना चाहते हुए भी वह फूलों का वह दोना ले लिया। पैसे चुकाते हुए उसने वह दोना वापस बालक के हाथों में रखते हुए कहा "छोटू, पैसे मैं दे देती हूँ लेकिन इसे किसी और को दे देना।"

बालक बोला "दीदी, भोलेनाथ के मंदिर में खाली हाथ नहीं जाते। आप इसे रख लीजिए।"

"लेकिन मैं मंदिर नहीं जा रही हूँ।"

"क्यों?"

55

लावण्या के पास इस 'क्यों' का कोई उत्तर नहीं था। कुछ क्षणों तक फूलों का दोना हाथ में थामे वह इस निर्दोष बालक के प्रश्न का उत्तर सोचती रही। तभी उस नन्हे बालक ने पास में दिख रहे ध्वज-बद्ध शिखर की ओर संकेत करते हुए कहा "दीदी आप बड़े मंदिर नहीं जा रहीं तो यहाँ मेरे घर के पास ही एक छोटा सा मंदिर भी है। आप यह फूल-पत्र वहीं अर्पित कर दीजिए।" लावण्या उस निर्दोष आग्रह को मना नहीं कर पाई।

* * *

सीधी सड़क पर थोड़ा सा अन्दर की ओर वह मंदिर स्थित था। बालक भी उसके साथ-साथ चलने लगा। लावण्या ने उससे पूछा "छोटू, तुम्हारा नाम क्या है?" प्रत्युत्तर में उसने अपना नाम कार्तिक बताया। जैसे-जैसे वह दोनों उस मंदिर के निकट पहुँचते गए, मंदिर की आकृति स्पष्ट होती गई। कद में वह मंदिर अधिक बड़ा नहीं था। देखकर ज्ञात होता था कि उसका मूल ढाँचा बहुत पुराना था किन्तु बारंबार जीर्णोद्धार के कारण गर्भगृह तथा शिखर को छोड़कर वह पूरी तरह से नया बन चुका था। हालाँकि नवनिर्माण अधिक आकर्षक नहीं था। जहाँ-तहाँ दीवारें खड़ी कर के मंदिर का आकार बेढंग कर दिया गया था। उसके शिखर का आकार कुछ विचित्र सा था। आमतौर पर हिंदू मंदिर के शिखर पर्वताकार होते हैं किन्तु इस मंदिर का शिखर त्रिकोणाकार प्रतीत हो रहा था।

मंदिर परिसर में प्रवेश का द्वार मूल स्थापत्य के पिछले हिस्से में था। प्रवेश द्वार के एक ओर बहुत ही पुरातन बावड़ी थी जिसमें वर्षों से उग रहे पेड़-पौधों और बेलों का जमावड़ा था। परिसर में गर्भगृह के पिछले हिस्से में कुछ पुरानी समाधि जैसे छोटे-छोटे स्मारक थे। आसपास के छोटे-बड़े घर परिसर में अतिक्रमण करते प्रतीत होते थे।

प्रभास

मुख्य मंदिर के दरवाजे पर पहुँच कर लावण्या के क़दम ठिठके। कुछ झिझकते हुए वह उसी स्थान पर रुक गई। उसका मस्तिष्क यह याद करने का प्रयास कर रहा था कि अन्तिम बार कब वह किसी मंदिर में गई थी? मंदिर में प्रवेश कर चुके कार्तिक ने देखा कि वह द्वार पर ही रुक गई है तो स्वाभाविक निर्दोष भाव से उसने लावण्या का हाथ पकड़ कर खींचते हुए कहा "रुक क्यों गई दीदी, चलिए ना!"

जैसे ही लावण्या ने मंदिर में क़दम रखा, फर्श की शीतलता के कारण उसके नास्तिक देह में अध्यात्मिकता का संचार हुआ। किसी और परिस्थिति में वह मंदिर में प्रवेश से प्रतिकार करती लेकिन कार्तिक के बाद सहज आग्रह ने उसे विवश कर दिया था। अंग्रेजी के L आकार में बने मंदिर में गर्भगृह के भगवान शिव अभी भी आँखों से ओझल थे। सुबह की मंगला आरती कर के पुजारी जी कब के जा चुके थे। मंदिर में कार्तिक और लावण्या के अलावा मात्र एक ही व्यक्ति थी। वह लावण्या के समवयस्क एक युवती थी। वह एक कोने में बैठ कर पुष्प माला गूंथने में व्यस्त थी। कार्तिक की आवाज सुनकर उसने अपना सिर उठाकर देखा। लावण्या को देख कर वह मुस्कुराई। लावण्या ने भी उसका अभिवादन किया।

* * *

लावण्या ने गर्भगृह में प्रवेश किया। कार्तिक भी उसके साथ था। गर्भगृह में जलाधारी तथा तांबे के वासुकी नाग से संरक्षित करीब तीन फीट का विशालकाय शिवलिंग था। त्रिकोणाकार शिखर की ही भाँति यह शिवलिंग भी विचित्र था। लिंग के जमीन से जुड़े हिस्से में करीब दस इंच ऊपर एक क्षैतिज (Horizontal) निशान था। वह निशान इतना बड़ा था कि लग रहा था मानों शिवलिंग का उपरी भाग अलग से जोड़ा गया हो। पुष्प अर्पित करने के पश्चात लावण्या आश्चर्य से उस शिव बाण का अवलोकन करने लगी। शिवलिंग के पिछले भाग में वह क्षैतिज निशान नहीं था। अचंभित करने वाली बात यह थी कि वह क्षैतिज निशान परिधि पूरी नहीं कर रहा था।

शिवलिंग का अवलोकन करते हुए उसने गर्भगृह के बाहर कार्तिक की कालीघेली भाषा में कुछ शब्द सुने। उसके माता-पिता को सोमनाथ ज्योतिर्लिंग दर्शन कर के लौटने में अभी भी कुछ समय था। वह गर्भगृह से बाहर आई तो कार्तिक उस युवती के पास बैठकर बेर खा रहा था। कार्तिक ने लावण्या की हथेली में अपनी छोटी सी सुकुमार मुट्ठी से कुछ बेर थमा दिए। लावण्या उस अबोध बालक को मना नहीं कर पाई। कार्तिक ने उसे वहाँ बैठने के लिए संकेत किया तभी वहाँ बैठी युवती ने उसे टोकते हुए कहा "दीदी को जमीन पर बिठाएगा? जा वहाँ से कुर्सी ले आ।"

बड़े शहर में पली-बढ़ी लावण्या के लिए अनजाने लोगों से प्राप्त यह अपनापन

किसी आश्चर्य से कम नहीं था। कार्तिक को रोकते हुए वह वहीं ज़मीन पर बैठ गई। वह युवती अभी भी फूलों को गूंथने में ही व्यस्त थी। संभवतः वही गुंथे हुए हार और पुष्प कार्तिक बेचने का प्रयास कर रहा था। साधारण सी दिखने वाली उस युवती का सौंदर्य उसकी सादगी में छिपा हुआ था। लावण्या ने बात का सूत्र साधते हुए उस युवती से पूछा "यहाँ शिवलिंग का आकार इतना विचित्र क्यों है? इसपर जो क्षैतिज निशान है उसे मरम्मत कर के सुधारा क्यों नहीं गया?"

उस युवती ने आश्चर्य से लावण्या की ओर देखा और बोली "यहाँ बहुत कम लोग आते हैं और अक्सर यहाँ आने वाले दर्शनार्थी यह निशान नहीं देख पाते।" लावण्या ने इतना ध्यान से शिवलिंग का अवलोकन किया, यह उसके लिए अचरज की बात थी। उसने अपनी बात को आगे बढ़ाते हुए कहा "इस शिवलिंग की मरम्मत नहीं कर सकते क्योंकि यह क्षैतिज निशान किसी महत्वपूर्ण ऐतिहासिक घटना का साक्षी है।"

* * *

बेर मीठे थे और रसभरे भी। लावण्या के पास समय की कमी भी नहीं थी इसलिए उसने पूछा "ऐतिहासिक घटना? क्या हुआ था यहाँ?"

उस युवती ने कहा "यह ग्यारहवीं शताब्दी की, लगभग एक सहस्र वर्ष पूर्व की घटना है... उस समय सोमनाथ और वेरावल स्थान को प्रभास क्षेत्र कहा जाता था और यहाँ सोमनाथ ज्योतिर्लिङ्ग के अलावा और भी पवित्र देवालय हुआ करते थे। इसी क्षेत्र में भगवान कृष्ण ने अपनी जीवनलीला का समापन किया था। यहीं पर बलराम जी ने शेष के रूप में पाताल प्रवेश किया था। यही वो क्षेत्र है जहाँ भगवान परशुराम जी और चँद्रदेव ने तपश्चर्या की थी। पुरातत्ववेत्ताओं के अनुसार इस क्षेत्र के उत्खनन में ढाई हजार वर्ष पुराने अवशेष मिले हैं।

सुबह से संध्याकाल तक यहाँ धर्मकार्य होते थे। मंदिरों के घण्टारव निरंतर चलते रहते। उन दिनों यह समग्र स्थान आज से बहुत अलग था, बस उस विशाल समुद्र को छोड़कर...!! सोमनाथ तीर्थक्षेत्र के विनाश और निर्माण के चक्र का एकमेव साक्षी रहा है तो बस यह गर्जना करता समुद्र...!"

"यह मंदिर और इसके प्रांगण में स्थित बावड़ी उस समय प्रभास क्षेत्र के एक छोटे से किलेबंद राज्य का भाग थे। हालांकि यह शिवालय किले के बाहर था और राज्य के नागरिकों को इस मंदिर में दर्शन करने के लिए किले का दरवाज़ा खुलने की प्रतीक्षा करनी पड़ती थी।"

* * *

"वाजा वंश के राजा और प्रजा पर महादेव का वरद हस्त था। चहुँओर सुख,

संपत्ति, वैभव था किन्तु समय की वक्र दृष्टि से कहाँ कोई बच पाया है! एक ऐसे ही दुर्भाग्यपूर्ण दिन पश्चिम से आने वाली विशाल सेना की खबर आई... गजनवी का महमूद मरुस्थल पार कर चुका था और उसकी रक्त पिपासु सेना रास्ते में आने वाले राज्यों को लूटते हुए, प्रजाजनों का क़त्लेआम करते हुए तेजी से सोमनाथ की ओर आगे बढ़ रही थी। किन्तु सोमनाथ ज्योतिर्लिंग पर हाथ डालने से पूर्व उस आक्रांता का सामना यहाँ के राजवी से होना निश्चित था।"

***

"वाजा राजा की एक सुंदर कन्या थी। छोटी सी आयु में उस पर शिव भक्ति का रंग चढ़ गया था। सुबह उठते ही उसके नेत्र महादेव को ढूंढते थे और रात्रि में सोते हुए भी वह शिव शंभू का स्मरण करती थी। शिव भक्ति में रमी हुयी राजकुमारी का नित्य इस मंदिर में पूजा का संकल्प था। आँधी, बरसात, शीतलहर या गर्मियों का अतिरेक भी उसे यहाँ नित्य पूजन से नहीं रोक पाया था।"

"राजा अपनी कन्या के इस आचरण से गर्वित महसूस करते थे और..." उस युवती का वाकप्रवाह मधुर था लेकिन लावण्या को इतनी धार्मिकता की आदत नहीं थी इसलिए उसने अपने नास्तिक स्वभावानुसार युवती को रोकते हुए कहा "यह पूजा-पाठ और अंधश्रद्धा आज इतनी प्रचलित है तो उस समय के समाज पर कितनी हावी रही होगी यह मैं कल्पना भी नहीं कर सकती।"

लावण्या की बात सुनकर वह युवती मुस्कुरा उठी। उसने कहा कि "तुम जिसे अंधश्रद्धा कह रही हो उसी के कारण आज हमारी सभ्यता सहस्रों वर्षों से अपना अस्तित्व बचाए हुए है, वरना मिस्र, रोम, ग्रीस तथा चीन काल की गर्त में समा गए हैं और उन सभ्यताओं के वैभव का अभिमान करने वाला भी कोई नहीं बचा।"

"लेकिन यह सभ्यता बचा कर भी हमने क्या पाया? यह अभिमान भी झूठा ही है और यह समाज भी परिपूर्ण नहीं है।"

उसने कहा "पश्चिम में जब धर्मांधता की आँधी चली तब वहाँ नरसंहार हुए, बलात्कार हुए और बलात् धर्म परिवर्तन भी हुए। उन सभ्यताओं की जड़ें मजबूत थी फिर भी उनका विनाश हो गया। आज उन देशों में धन-वैभव तो है किन्तु क्या वह लोग खुश हैं? पाश्चात्य देश आज भी बलात्कार, बाल यौन शोषण, तलाक और आत्महत्या की समस्याओं से जूझ रहे हैं। हमारे शब्दकोश में तो डाइवोर्स या तलाक जैसे शब्द भी नहीं थे। आधुनिकता की दौड़ में जब हमारे समाज में इन कुसंस्कारों का प्रवेश हुआ तब हमें विवाह-विच्छेद जैसे शब्दों का प्रयोग करना पड़ा।"

लावण्या के पास इन तर्कों का कोई उत्तर नहीं था इसलिए उसने बात बदलते हुए पूछा "वाजा राजा की उस कन्या का नाम क्या था? आगे फिर क्या हुआ?"

लावण्या ने जिस तरह से मुद्दा बदला वह उस चतुर युवती ने भाँप लिया फिर भी उसने कथा को आगे बढ़ाते हुए कहा, "उस कन्या का नाम वेणी था। गुँथे हुए बालों में पुष्प की शृंखला को वेणी कहते हैं।"

महमूद गजनवी जब इस राज्य की सीमा पर आ खड़ा हुआ तब यहाँ के राजा ने अपनी छोटी सी परंतु शौर्यवान सेना के बल से उसे किलेबंदी के बाहर ही रोक दिया। कई दिन बीत गए लेकिन महमूद राज्य में प्रवेश नहीं कर पाया। तभी आक्रांता के गुप्तचरों ने उसे राजकुमारी के नित्यक्रम के विषय में बताया। जैसे कि म्लेच्छ इतिहास रहा है, उनके लिए युद्ध के नियम कोई मायने नहीं रखते और ना ही आचरण की शुद्धता। उसने सोचा कि यदि सुबह शिव-पूजन के लिए मंदिर में आई कन्या का अपहरण कर लिया जाए तो वाजा राजा को झुकाया जा सकता है। अपनी पुत्री के लिए राजा शरणागति स्वीकार कर ही लेगा।"

"छि: ! युद्ध लड़ने के बदले निशस्त्र कन्या का अपहरण करना ही कायरता की निशानी है।" लावण्या बोल पड़ी।

"यह कार्य घृणित उनके लिए है जो सभ्य हैं। यह कार्य घृणित उनके लिए है जिन्हें संस्कारों से सींचा गया है। लेकिन जो बर्बर हैं। जिनकी आस्था मानवता में है ही नहीं, उनका क्या?" युवती के इस वाक्य में लावण्या के पूर्व प्रश्न का उत्तर था। वह झेंप गई। उसने नीची नज़रों से पूछा "आगे क्या हुआ?"

युवती बोली "महमूद का यह षड्यंत्र राजा जान चुके थे। उन्होंने अपनी पुत्री वेणी को कुछ दिनों के लिए महादेव मंदिर जाने से रोकने का यत्न किया किन्तु वेणी अपना संकल्प तोड़ने को राजी न थी। उसने अपने पिता से कहा कि वह महादेव की शरण में स्वयं को सौंप चुकी है और अब उसकी रक्षा का उत्तरदायित्व भी महादेव का ही है। उसने अपने पिता को आश्वासन देते हुए कहा कि मृत्यु की स्थिति में भी शत्रु के हाथ उसका मृतदेह नहीं लगेगा। उसने अपना अटल निर्णय सुनाते हुए कहा कि वह सुबह मंदिर जाएगी।"

"सुबह होते ही राजकुमारी ने पूजा की थाली तैयार की, उसके चेहरे पर चिंता की एक रेखा तक नहीं थी। अपने माता-पिता के चरणस्पर्श करते हुए उसने किले के बाहर क़दम रखा।"

"शत्रु के सिपाही चारों ओर जंगल की घटाओं में छुपे हुए थे। जैसे ही वेणी ने मंदिर में प्रवेश किया उन्होंने शिवालय को चारों ओर से घेर लिया। अब वेणी के लिए वापसी असंभव थी। म्लेच्छ शासकों का इतिहास साक्षी है कि उन्होंने शत्रु स्त्रियों पर कभी रहम नहीं किया। शिवपूजन के पश्चात सुकुमार वेणी का शत्रुओं के साथ लगना बिल्कुल वैसे ही था जैसे किसी हिरणी का शिकारी कुत्तों के बीच फंसना।"

लावण्या सिहर उठी। उत्कंठा से भरे स्वर में उसने पूछा “वेणी का क्या हुआ? क्या वह बचने में सफल रही या उसे शत्रुओं ने बंधक बनाया?”

युवती ने कहा “तुम्हारे सोचे दोनों विकल्पों में से कुछ भी नहीं हुआ। शिवपूजा के बाद वेणी ने देखा कि अब शत्रु से बचना असंभव है तब उसने अपने शील की रक्षा के लिए महादेव से अर्जी लगाई। जैसे ही शत्रु सेना ने मंदिर में प्रवेश किया, वेणी ने दोनों हाथ जोड़कर प्रार्थना करते हुए महादेव से कहा “शिव-शंभो, अपनी पुत्री को अपनी गोद में जगह दो...!!”

“वेणी के वचन सुनते ही घोर गर्जना करते हुए महादेव का विशालकाय पाषाण लिंग फटा और लावण्यमयी वेणी उसके दो हिस्सों में जा कर बैठ गई। म्लेच्छ सिपाही यह दृश्य देखकर हतप्रभ रह गए। देखते ही देखते शिवलिंग का खुला भाग वेणी को अपने अंदर समाहित करते हुए बन्द हो गया। सिपाही वेणी को पकड़ने के लिए दौड़े किन्तु तब तक वेणी महादेव के चरणों में समर्पित हो चुकी थी। शत्रु हाथ मलता रह गया। वेणी महादेवमय हो गई थी। महादेव वेणीमय हो गए थे।”

लावण्या ने प्रतितर्क करते हुए कहा कि “लेकिन इस प्रसंग की सत्यता कितनी है?” युवती ने लावण्या को फिर से शब्दहीन करते हुए उत्तर दिया, “आप किसी विदेशी इतिहासकार की बात को सत्य मानेंगे या अपने जन्मदाता माता-पिता की बात को सत्य मानेंगे? विदेशी इतिहासकार अपने लाभ के लिए कुछ भी बोल सकता है लेकिन माता-पिता नि:स्वार्थ होते हैं। हमारे पूर्वजों ने वर्षों से जिन कथाओं को पीढ़ी दर पीढ़ी हम तक पहुंचाया है उनकी सत्यता का परीक्षण करने के लिए क्या हमें विदेशियों की आवश्यकता होगी?”

उस युवती ने आगे कहा “समय के साथ कहानियों में कल्पना का तत्व आ भी जाए तो भी उन्हें आप पूरी तरह से नकार नहीं सकते। वेणी ने अपना जीवन महादेव को समर्पित किया इस बात का साक्षी स्वयं महादेव का लिंग है।

लावण्या ने मुड़ कर फिर से गर्भगृह की ओर देखा। वहाँ स्थित महादेव का लिंग अब उसके लिए पाषाण शिला माल नहीं रह गया था। शिवलिंग पर पड़े उस क्षैतिज निशान का कारण उसको पता चल गया था। उसकी आँखें नम थीं।

वेणी ने स्वयं को महादेव को समर्पित कर के शील की, अपनी संस्कृति की, अपने समाज और राज्य की रक्षा की थी। लावण्या समझ चुकी थी कि लार्जर गुड के लिए परिवार के हर सदस्य को कुछ न कुछ बलिदान देना ही पड़ता है। बिल्कुल वैसे ही देश भी एक परिवार ही है। यदि हर व्यक्ति माल अपने अधिकारों की बात करे, तो कर्तव्यों का निर्वहन कौन करेगा? यदि समाज का हर वर्ग एक दूसरे के विरुद्ध संघर्ष में उतर जाए तो समाज और देश का ताना-बाना नष्ट हो जाएगा। अपने मूलभूत अधिकारों की रक्षा के लिए यदि कुछ कर्तव्यों का पालन करना पड़े तो इसमें ग़लत क्या है?

लावण्या के मस्तिष्क में मनोमंथन चल रहा था। वर्षों तक उसके दिमाग में भरे गए काल्पनिक आदर्शलोक के विनाशकारी विचारों के महल ध्वस्त हो चुके थे। यदि मार्क्स के सिद्धांत इतने ही कारगर होते तो उनकी अपनी पुलियों ने आत्महत्या का सहारा न लिया होता। विश्व में जहाँ-जहाँ वामपंथी विचारधारा ने पग जमाए हैं वहाँ समाज और परिवार टूटे ही हैं।

मार्क्स ने जब यह सिद्धांत लिखे तब उसके लिए जीवननिर्वाह कोई समस्या नहीं थी। दिनभर मेहनत करने वाले मजदूर को कभी डिप्रेशन की गोलियाँ नहीं लेनी पड़ती। वह समझ चुकी थी कि यह सब भरे हुए पेट और भरी हुई जेबों के चोंचले हैं।

सूर्य मध्यान्ह की ओर अग्रसर था। युवती ने कार्तिक को आवाज़ दी, वह खेलते हुए मंदिर के बाहर चला गया था। लावण्या ने जब उस युवती से नाम पूछा तो उसने बताया कि उसका नाम वेणी है और वह नजदीकी प्राथमिक विद्यालय में शिक्षिका है। जिसे लावण्या अनपढ़ समझ रही थी वह उससे अधिक शिक्षित और संस्कारी थी। जब वह दोनों संवाद कर रहे थे तभी कार्तिक ने मंदिर में प्रवेश किया। वेणी ने मुस्कुराते हुए उससे कहा "क्यों, आज स्कूल नहीं जाना? चलो।" यह सुनकर कार्तिक गर्भगृह के बाहर टेबल के पास रखी बैसाखी उठा कर ले आया। वेणी बैसाखी की मदद से खड़ी हुई, कार्तिक ने उसकी ऊँगली पकड़ ली। इतनी सुंदर, इतनी शिक्षित युवती दिव्यांग थी...

लावण्या उन दोनों भाई-बहन को मंदिर के बाहर जाते हुए देख रही थी। उसके मन-मस्तिष्क में विचारों का तुमुल संग्राम चल रहा था। वेणी तो शारीरिक रूप से पंगु थी लेकिन वह स्वयं तो मानसिक रूप से विकलांग थी। उसके मन में आज तक

के किए अपने ही कार्यों से घृणा उपजी। महादेव को प्रणाम करते हुए वह फिर से पार्किंग की ओर चल पड़ी।

* * *

पार्किंग में उसके माता-पिता उसकी प्रतीक्षा कर रहे थे। जैसे ही वह नजदीक पहुंची, मिश्रा जी ने कार में चाबी लगाते हुए कहा "चलें?" लावण्या बोली "पापा, मैं सोमनाथ ज्योतिर्लिंग के दर्शन करने जा रही हूं, क्या आप मेरे साथ फिर से मंदिर चलेंगे?"

वह अमावस्या की रात

अमावस्या की अंधेरी रात में स्टेट हाइवे से गाँव में जाने वाली कच्ची सड़क पर एक पॉश कार मुड़ गई। रास्ते के दोनों ओर झाड़ियाँ और सुनसान खेतों में कोई भी हलचल नहीं थी। तेज़ गति से चलती कार के दोनों ओर सब कुछ चित्रवत स्थिर और शांत था लेकिन कार चालक के मस्तिष्क में विचारों का प्रवाह थमने का नाम नहीं ले रहा था।

तनाव से मुक्ति पाने के लिए उसने सिगरेट निकाली और AC बंद कर के खिड़की खोल दी। बाहर से आने वाले सुरेख पवन के झोंके और सिगरेट के कश भी चालक के विचार प्रवाह को नहीं रोक पाए लेकिन कच्ची सड़क पर कार ज़रूर रुक गई। प्रथमेश ने आधा दर्जन बार इग्निशन लगा कर प्रयास किया लेकिन व्यर्थ… कार ने आगे बढ़ने से मना कर दिया था।

प्रथमेश के माथे पर चिंता की लकीरें उभर आई। सुबह तक उसे और डेढ़ सौ किलोमीटर चल कर अपने फार्म हाउस पर पहुँचना बहुत जरूरी था। थोड़ी चिढ़ और थोड़ी निराशा से उसने बाहर क़दम रखा। झींगुरों का शोर छोड़ कर पूरे इलाके में नीरव शान्ति पसरी हुई थी।

घने अंधेरे में आसपास कुछ भी देख पाना संभव नहीं था इसलिए प्रथमेश ने मोबाइल बैटरी की मदद से इलाके का मुआयना करना शुरू किया। सड़क के दोनों ओर खेतों के परिदृश्य में कतारों में भाँति-भाँति के पेड़ लगे हुए थे। इस दुर्गम क्षेत्र में ऑटो गैराज के होने की संभावना तलाशना भी मूर्खता थी।

प्रथमेश जानता था कि सुबह तक उसके सभी काण्ड का कच्चा चिट्ठा खुल जाएगा और इसीलिए वह सुबह से पहले फार्म हाउस पर पहुंच कर सभी फाइलों को रफ़ा-दफ़ा करने का प्लान बना रहा था। तनाव के चिह्न उसके चेहरे के भावों से स्पष्ट उभर रहे थे तभी उसने देखा तो थोड़ी ही दूरी पर सड़क के किनारे एक छोटा सा मंदिर और उसके पास एक टूटी-फूटी झोंपड़ी में किसी मनुष्य की हलचल पाई। सामने ही नदी पर बना पुल भी स्पष्ट दिख रहा था।

तेजी से आगे बढ़ते हुए वह झोपड़ी तक पहुंचा। झोपड़ी और मंदिर के बीच एक प्राचीन काल की मूर्ति शृंखला जैसी रचना प्रतीत हो रही थी और उसी के पास पारंपरिक देहाती परिधान में एक वृद्धा झाड़ू उठाए सफाई कर रही थी। उनकी त्वचा पर झुर्रियों से उनकी आयु अस्सी वर्ष होने का अनुमान लगाया जा सकता था।

इतनी वृद्ध महिला अंधेरी रात में भी देवालय में अपना कर्तव्य निर्वहन कर रही थी। प्रथमेश ने उनसे आसपास किसी ऑटो गैराज का पता पूछा। प्रत्युत्तर में

वृद्धा ने हंसते हुए कहा "बेटा, इस क्षेत्र में लोग दुपहिया वाहन मुश्किल से खरीद पाते हैं, चार पहिया वाहन की मरम्मत हो पाना मुश्किल है। आठ किलोमीटर आगे बड़ा कस्बा है वहाँ ज़रूर कुछ मदद मिल सकती है।"

रात के तीन बज रहे थे और सुबह से पहले बिना स्ट्रीट लाइट की सड़क पर आठ किलोमीटर दूर जा पाना संभव नहीं था। चिंतामग्न प्रथमेश वहीं एक पत्थर पर बैठ गया। उसके भीतर का अंधेरा बाहर के अंधेरे से ज्यादा घना था। काश कि आकाश में टिमटिमाते तारों का प्रकाश उसके अंतर्मन तक पहुंच पाता।

जब उसने सिर उठा कर देखा तो सामने वृद्धा टूटे हुए कप में चाय लिए खड़ी थी। वृद्धा ने उसके चेहरे पर चिंता को भाँप लिया था। किसी और मौके पर प्रथमेश ऐसे मैले टूटे कप में चाय नहीं पीता लेकिन इस समय यह चाय भी उसे अमृत समान लग रही थी।

सुबह होने में अभी भी तीन घंटे का समय था। प्रथमेश सामने स्थित प्रतिमा शृंखला को देखने का प्रयास कर रहा था, अंधकार के कारण उसने मोबाइल की टॉर्च से उन प्रतिमाओं को प्रकाशित किया। वहाँ कुल मिलाकर नौ प्रतिमाएँ थी जिनमें सात देवी प्रतिमाएँ शामिल थी। हालांकि प्रथमेश गणेशजी के उपरांत किसी भी प्रतिमा को पहचान पाने में असमर्थ था।

पूर्व जन्म के संस्कार कहें या संकटमय परिस्थिति, उसके हाथ अनायास ही प्रणाम की मुद्रा में जुड़ गए। स्वयं के ही पापों के भार तले दबा प्रथमेश संयोगवश आज इन देवी प्रतिमाओं के समक्ष आ पहुँचा था।

बारीकी से निरीक्षण करने पर उसने पाया कि उनमें से कुछ देवियों के चेहरे तथा अंग सामान्य नहीं थे। एक देवी का चेहरा वराह समान था तो दूसरी देवी का चित्रण कृशकाय कुरुप और महाभयंकर सा था। किसी का वाहन वृषभ था तो किसी का हाथी, एक देवी मयूर पर विराजमान थी। सभी देवियाँ भिन्न-भिन्न प्रकार के आयुधों से सज्ज थीं।इन विचित्र रुप में उत्कीर्ण देवियों को देखकर उसने अचरज से वृद्धा को उनके विषय में पूछा।

वृद्धा ने प्रत्युत्तर देते हुए कहा "पौराणिक गाथाओं में वर्णित यह हमारी सात माताएँ हैं। प्राचीन काल में सभी मंदिरों में इनके शिल्प बनाए जाते थे लेकिन आधुनिक युग में हमारी पीढ़ियों ने इन मातृकाओं को भुला दिया। जो मनुष्य अपनी जन्मदात्री को वृद्धाश्रम में छोड़ देते हैं उनसे और अपेक्षा भी क्या रख सकते हैं।"

'वृद्धाश्रम' शब्द सुनते ही प्रथमेश को अपनी माँ की स्मृति हो आई। वृद्धाश्रम में रह रही माँ से मिले डेढ़ वर्ष से अधिक समय हो गया था। वृद्धा की बात सुनकर उसके मन में एक टीस उठी। उसने अपनी आँखों के कोनों में कुछ नमी सी महसूस की।

वृद्धा ने उन देवी प्रतिमाओं का वर्णन करते हुए बताया कि इन मातृकाओं में वैष्णवी और वराही वैष्णव शक्ति, माहेश्वरी और कौमारी शैव शक्ति, ब्रह्माणी ब्राह्म शक्ति के उपरांत ऐंद्री तथा चामुंडा का समावेश किया जाता है।

बात को जारी रखने के उद्देश्य से प्रथमेश ने दूसरा प्रश्न पूछा "यदि इन माताओं का संबंध ब्रह्मा, विष्णु और महेश्वर जैसे देवताओं से है तो इनसे जुड़ी कथा भी रसप्रद होनी चाहिए।"

वृद्धा ने कहा "कश्यप ऋषि को दिति से दो पुत्रों की प्राप्ति हुई, हिरण्याक्ष और हिरण्यकशिपु। विष्णु ने अपने वराह अवतार में हिरण्याक्ष तथा नृसिंह अवतार में हिरण्यकशिपु का वध किया यह कथा तो सर्वविदित है। इन दोनों असुरों के अंत के पश्चात सत्ता के सूत्र प्रह्लाद ने संभाले किंतु प्रह्लाद का विरक्त स्वभाव सत्ता भोगने में बाधक साबित हुआ। इसीलिए प्रह्लाद के पश्चात हिरण्याक्ष के पुत्र अंधक ने असुरों पर आधिपत्य स्थापित किया।"

प्रथमेश ने कहा "माई, प्रह्लाद की कथा मुझे ज्ञात है लेकिन अंधक कौन था?" उसके मुख से 'माई' का संबोधन सुन कर वृद्धा के चेहरे पर मुस्कान छा गई। शायद उन्हें पहले भी इस नाम से संबोधित किया जा चुका था। उन्होंने अंधक का परिचय देते हुए कहा "एक समय माता पार्वती ने भगवान शिव से विनोद करते हुए पीछे से आकर उनके नेत्रों को बंद कर दिया। लेकिन शिव की आँखों पर क्षणिक आवरण भी समस्त सृष्टि में अंधकार का कारण बन सकता है। वही हुआ। सचराचर जगत में अंधेरा छा गया और सृष्टि को प्रकाशित करने हेतु शिव ने अपने तीसरे नेत्र को थोड़ा सा विवृत्त किया। लेकिन माँ पार्वती तीसरे नेत्र का तेज सहन नहीं कर सकीं और उनकी त्वचा से प्रस्वेद की कुछ बूंदें धरती पर गिरीं। अंधकार में भयभीत पार्वती के प्रस्वेद से एक महाभयानक जीव की उत्पत्ति हुई जिसे अंधक नाम दिया गया।"

"हिरण्याक्ष ने कठोर तपस्या से शिव को प्रसन्न कर उनसे वरदान स्वरूप अंधक को मांग लिया। इस तरह अंधेरे से उत्पन्न हुआ अंधक असुर वंश का अनुगामी बना। जैसे कि हमेशा से होता आ रहा है, असुरों ने सदैव देवताओं तथा इंद्रलोक पर आधिपत्य स्थापित करने के लिए तपस्या द्वारा त्रिदेवों के वरदान का आश्रय लिया है। अंधक ने भी ऐसे ही वरदानों से अपनी शक्ति और सामर्थ्य को बढ़ाया लेकिन सामर्थ्य के साथ आने वाले दुर्गुणों से वह अपने-आप को बचा नहीं पाया।"

यह कथा सुनते हुए प्रथमेश कहीं ना कहीं स्वयं की अंधक से तुलना करने से रोक नहीं पाया। उसने स्वयं को भी सत्ता और सामर्थ के घमंड में चूर पाया। हर पदोन्नति के साथ उसमें यह अहंकार पनपता गया और सत्ता का नशा बढ़ता गया था।

माई ने कथा को आगे बढ़ाते हुए कहा, "दुर्गुणों से लिप्त अंधक इतना

शक्तिशाली बन चुका था कि अब उसके विनाश के लिए स्वयं शिव को आयुध उठाने पड़े। शिव ने वासुकि, तक्षक और धनञ्जय जैसे सर्पों को धारण किया और अंधक के वध के लिए प्रशस्त हुए।"

शिव को रोकने के लिए असुर निल हाथी के रूप में आ खड़ा हुआ लेकिन वीरभद्र ने उसका वध कर दिया। शिव उसी हाथी का चर्म शरीर पर धारण किए आगे बढ़े। तीनों लोक शिव और अंधक के इस महाविनाशकारी युद्ध के परिणाम से आतंकित होकर कांपने लगे।

अन्य देवताओं की सहायता के बिना शक्तिशाली अंधक का विनाश संभव नहीं था लेकिन जैसे ही युद्ध आरंभ हुआ देवताओं और शिवगणों में हाहाकार मच गया। शिव के अलावा अन्य सभी देवता भाग खड़े हुए।

महादेव ने अंधकासुर के देह को अपने त्रिशूल से भेद दिया और विकराल रूप धारण कर वह तांडव करने लगे। त्रिशूल पर अंधक का क्षतविक्षत देह अभी भी पराजय स्वीकार करने को तैयार नहीं था इसलिए भगवान विष्णु ने सुदर्शन चक्र से उसके टुकड़े-टुकड़े कर दिए।

लेकिन अंधकासुर के देह से टपकती हर एक बूंद से नया अंधक जन्म लेता रहा और इस तरह से सहस्रों असुरों ने रणभूमि में अपना अस्तित्व रच दिया। इस भयावह स्थिति पर अंकुश पाने के लिए शिव ने अपने मुख से योगेश्वरी का आह्वान किया। शिव, विष्णु, ब्रह्मा और इन्द्रादि देवता उनके शक्ति-स्वरूपों के बिना प्रभावहीन थे। अतः ब्रह्मादि अन्य प्रमुख देवताओं ने भी अपनी-अपनी शक्तियों का आह्वान किया।

"देवताओं के शक्ति-स्वरूप? यह क्या होते हैं माई?"

माई ने कहा "जन्म से मृत्यु तक हर पुरुष किसी ना किसी रूप में स्त्री से ही शक्ति प्राप्त करता है। स्त्री माता के रूप में पालन करती है और पुरुष में सभ्यता और संस्कार का सींचती है। पत्नी के रूप में स्त्री पुरुष को प्रजोत्पत्ति में सहायता ना करे तो सृष्टि का अंत हो जाए। भगिनी, मित्र, पुत्री और पौत्री जैसी भूमिकाओं में स्त्री ही पुरुष को गढ़ती है। मनुष्य हों या देवता, यह सभी स्त्री के बिना शक्तिहीन हैं।"

हाँ, माई की बात सही थी। यदि प्रथमेश के जीवन में पत्नी के रूप में पंक्ति ना होती तो शायद वह जीवन में कुछ भी नहीं कर पाता। पंक्ति की प्रेरणा से ही वह सफलता के शिखर तक पहुंच पाया था।

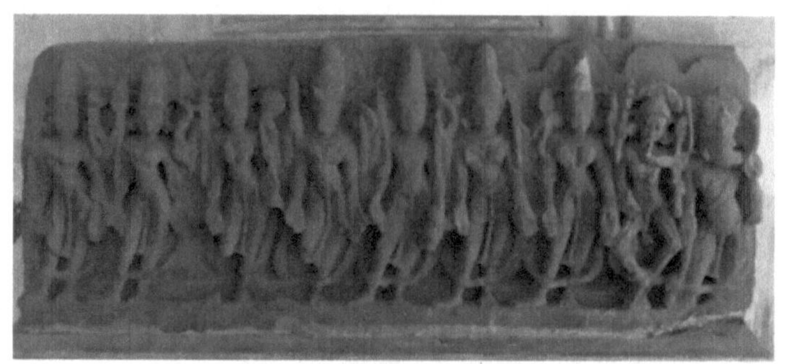

तस्वीर प्रतीकात्मक है।

माई ने कथा प्रवाह जारी रखते हुए आगे का वृत्तांत सुनाया। महेश्वर ने महेश्वरी, ब्रह्मा ने ब्रह्माणी, विष्णु ने वैष्णवी, इन्द्र ने ऐंद्री, कार्तिकेय ने कौमारी, वराह ने वराही तथा यम ने चामुण्डा के रूप में अपनी शक्तियों को स्त्री रुप में प्रकट किया। इन योगेश्वरियों के समूह को मातृकाओं के नाम से जाना जाता है। यह सभी मातृकाएँ अपने देव स्वरुपों के समकक्ष थीं और इनके आयुध तथा वाहन भी वैसे ही थे।

इन मातृकाओं ने अंधकासुर के शरीर से टपकते रक्त का धरती पर गिरने से पहले ही भक्षण कर लिया। और इस तरह उन्होंने अंधकासुर का अंत निश्चित किया। मातृकाओं की सहायता के बिना अंधक का वध संभव नहीं था।

इस कथा सुनने के बाद प्रथमेश के मन में अनेक शंकाओं ने जन्म लिया। अनेक विषमताओं और विचित्रताओं से इस कथा को समझने के लिए वो असमर्थ था। आपत्ति जताते हुए उसने माई से कहा "इस कथा का पौराणिक महत्व हो सकता है लेकिन इन सभी ग्रंथों का आज के आधुनिक युग में कोई औचित्य नहीं है।"

माई ने मौन हास्य से प्रथमेश की ओर देखा। प्रथमेश ने कहा "तार्किक रूप से जिन कथाओं को समझाया ना जा सके उन्हें अधिक महत्व नहीं देना चाहिए।"

माई ने कहा "बेटा, वेदों में वर्णित ज्ञान बहुत गहन था जिसे सरल बनाने के लिए उपनिषदों और ब्राह्मण ग्रंथों की रचना की गई। लेकिन यह ग्रंथ लोकभोग्य नहीं थे इसलिए पुराणों में कथा के माध्यम से इन्हें सरलीकृत किया गया। दुर्भाग्यवश इन कथाओं का मर्म समझने में भी हम असमर्थ ही रहे।"

"मर्म? क्या है इस कथा का गूढ़ार्थ? ऐसा क्या गुप्त अर्थ छिपा है इस कथा में?"

प्रत्युत्तर में माई ने कहा "यहाँ अंधकासुर 'अविद्या' का तथा मातृकाएं 'आत्मविद्या' का प्रतीकात्मक प्रतिनिधित्व करते हैं। यदि इस कथा को रूपकों के माध्यम से समझने का प्रयास करें तो अविद्यारूपी अंधक सात दुर्गुणों का वहन करता था और यह सात दुर्गुण ही रक्त की बूंदों के रुप में पुनर्जिवित होते थे।"

"महेश्वरी ने क्रोध, वैष्णवी ने लोभ, ब्रह्माणी ने मद, कौमारी ने मोह, ऐंद्री ने मत्सर (छिद्रान्वेषण), वराही ने असूया (ईर्ष्या) तथा चामुण्डा ने पैशून्य (पशुता) जैसे अंधकासुर के दुर्गुणों को पी लिया और व्याप्त नकारात्मकता को निर्मूल कर दिया।"

यह सुनते ही प्रथमेश का दिमाग चकराने लगा। क्या माई इस कथा के माध्यम से उसे उसके ही दुर्गुणों का आईना दिखा रहीं थीं? किसी समय सफलता के शिखर पर खड़ा प्रथमेश इन्हीं दुर्गुणों के कारण आज गर्त में धकेला जा चुका था।

सफलता के शिखर पर पहुंच कर उसने अपने सौम्य स्वभाव का त्याग कर इन सभी दुर्गुणों को आत्मसात कर लिया था। उसने स्वयं को क्रोध, लोभ, मोह, मद, मत्सर, असूया तथा पैशून्य से ओतप्रोत अंधकासुर के रूप में पाया। उसे स्वयं पर ही घृणा उत्पन्न हो उठी।

जैसे अंधक ने कठोर तपस्या से वरदान प्राप्त किए थे वैसे ही प्रथमेश भी कड़ी मेहनत से सफलता के शिखर तक पहुँच पाया था लेकिन सफलता प्राप्त करने के बाद उसने स्वयं को अकेला ही पाया। धन, वैभव और ऐश्वर्य के बावजूद भी आज वह अकेला था। माता-पिता, पत्नी, संतानें तथा मित्र, सभी ने उसको त्याग दिया था।

उसकी आँखों से आँसू बह निकले। वह माई के सामने मस्तक झुकाए बैठा रहा। सिर पर माई के झुर्रियों वाले हाथ का स्पर्श होते ही उसके मन में पश्चाताप का शीतल झरना फूट पड़ा।

मातृकाओं की प्रतिमा के सामने वह धरती पर बैठ गया। वह माई की गोद में सिर रख कर रो लेना चाहता था। भोर की पहली किरणें सप्त-मातृका के प्राचीन शिल्प का अभिषेक कर रही थी।

प्रभास क्षेत्र और सोमनाथ मंदिर की समय रेखा

इसा पूर्व ३१०२ और उससे पहले :-

सोमनाथ प्रभास पाटन क्षेत्र का पौराणिक नाम कुशावर्त था।

पौराणिक कथाओं में उल्लेख: चँद्र की ग्रहण से मुक्ति, यादवों का अंतर्कलह और विनाश, भगवान कृष्ण का देहत्याग इसी स्थान से जुड़े हुए कुछ प्रसंग हैं। महाभारत के वन पर्व में तथा भागवत महापुराण में भी प्रभास क्षेत्र का विवरण मिलता है।

ईसा पूर्व प्रथम और द्वितीय शताब्दी :-

पाशुपत संप्रदाय के आचार्य, शिवावतार सोम शर्मा का प्रभास क्षेत्र में आगमन और प्रथम मंदिर का निर्माण। पाशुपत संप्रदाय का उद्भव प्रभास तथा कायावरोहण क्षेत्र में इसा पूर्व की दूसरी शताब्दी से पूर्व पाया गया है। वैसे पाशुपत संप्रदाय के चिन्ह सरस्वती सभ्यता के सील में भी देखे जा सकते हैं। इनमें योगिक मुद्रा में बैठे त्रिमुख शिव तथा नंदी की मुद्राएँ प्रमुख हैं।

ईसा की पांचवीं शताब्दी :-

कालिदास की रचना रघुवंश में वह अपने समय के कुछ प्रसिद्ध शिव तीर्थों का उल्लेख करते है जिनमें वाराणसी, महाकाल-अवंती, त्र्यंबकेश्वर, प्रयाग, पुष्कर, गोकर्ण के साथ प्रभास को भी सम्मिलित किया गया है।

ईसा की छठी शताब्दी :-

द्वितीय सोमेश्वर देवालय वल्लभी के मैत्रक राजा धरसेन द्वारा निर्माण

ईसा की सातवीं शताब्दी :-

अरब के खलिफ हिशाम के सिंध में नियुक्त गवर्नर जुनैद ने संभवतः ७२५ में सौराष्ट्र वल्लभी पर आक्रमण कर के ध्वस्त किया।

नौंवी-दसवीं शताब्दी :-

मूलराज ने महामेरु प्रासाद का निर्माण कराया। प्रतिहार शासक नागभट्ट द्वितीय ने सौराष्ट्र क्षेत्र में सोमनाथ तीर्थ यात्रा का उल्लेख किया है।

१०२४ :-

चतुर्थ मंदिर - मालवा के परमार भोज तथा अणहीलवाड़ के भीमदेव द्वारा कराया गया।

१०२६ जनवरी :-

भीमदेव के शासन काल में गजनवी के महमूद ने फिर से विध्वंस किया। महमूद के दरबारी फारुख सिस्तानी ने यह पूरा मामला दर्ज किया। अलबरूनी ने लिखा- गजनवी ने शिवलिंग का एक खण्डित भाग गजनवी की इमारत की सीढ़ियों में ऐसे जड़ा कि लोग अपने पैरों को उसपर साफ कर सके।

ग्यारहवीं शताब्दी :-

भीमदेव तथा सिद्धराज जयसिंह ने गुर्जर मारू शैली में चतुर्थ मंदिर का निर्माण किया। भाव बृहस्पति उसका व्यवस्थापन संभालते थे। ग्यारहवीं शताब्दी के मध्य में जैनुलअकबर ने हिंदुओं के लिए सोमनाथ का महत्व दर्शाने के लिए उसकी तुलना मुस्लिमों के मक्का से की।

११६१ :-

पांचवां मंदिर चालुक्य राजवंश के कुमारपाल द्वारा

१२१६ :-

भीमदेव द्वितीय ने मेघनाथ मण्डप का निर्माण किया

भीमदेव द्वितीय ने सोमनाथ में अन्य पांच शिवमंदिर बनवाए।

तेरहवीं शताब्दी :-

विश्व यात्री मार्को पोलो ने सोमनाथ को व्यापार के लिए महत्वपूर्ण स्थल बताया। सन १२८७ सारंगदेव वाघेला और पाशुपत संप्रदाय के आचार्य द्वारा विस्तार वृद्धि

स्थानीय राजा की मदद से नुरुद्दीन ने मस्जिद का निर्माण किया और उससे जुड़ी अर्थप्राप्ति मक्का मदीना भेजी जाती थी।

तेरहवीं शताब्दी का अंत :-

अलाउद्दीन के सेनापति अलफ खां / उलुघ ख़ान द्वारा कर्ण देव को पराजित कर सोमनाथ विध्वंस। अमीर खुसरो के अनुसार सन् १२९८ में अलाउद्दीन खिलजी की सेना ने कुमारपाल निर्मित सोमनाथ का विध्वंस किया और शिव प्रतिमा (लिंग) को दिल्ली दरबार में भेजा गया।

चौदहवीं शताब्दी :-

गिरनार शिलालेख के अनुसार जूनागढ़ के चूड़ासमा शासक महिपालदेव ने चौदहवीं शताब्दी के मध्य में सोमनाथ देवालय का मरम्मत कार्य कराया (महिपाल के पुत्र खेंगार ने शिवलिंग को प्रतिष्ठित किया।) किन्तु चौदहवीं शताब्दी के अन्त में फिर से आक्रमण हुआ, मुज़फ़्फ़र खान / ज़फ़र शाह ने प्रभास क्षेत्र में मस्जिद बनवा कर बड़े स्तर पर धर्मांतरण अभियान चलाया।

पंद्रहवीं शताब्दी :-

प्रजा द्वारा मरम्मत कार्य लेकिन पहले सुल्तान अहमद शाह और फिर उसके बेटे महमूद बेगड़ा / फतेह खान ने फिर से सोमनाथ पर आक्रमण किया। महमूद ने गर्भगृह से शिवलिंग हटा दिया और मंदिर के अवशेषों पर मस्जिद का ढाँचा खड़ा कराया लेकिन यह ढाँचा केवल ढाँचा ही रहा, इसका उपयोग कभी नमाज़ के लिए नहीं किया जा सका।

सोलहवीं शताब्दी :-

मंदिर का मरम्मत कार्य।

सत्रहवीं शताब्दी :-

१६७० में औरंगजेब/आलमगीर द्वारा विध्वंस और देवस्थान का मस्जिद में रुपांतरण।

अठारहवीं शताब्दी –

उपेक्षित अवस्था।

अठारहवीं शताब्दी का अन्त :-

सन १७८३ महेश्वर की महारानी देवी अहिल्याबाई होळकर द्वारा अन्य स्थान पर मंदिर निर्माण।

स्वतंत्रता के बाद:-

१३ नवंबर, १९५० :- सरदार पटेल का नवनिर्माण संकल्प।

सन १९५१ :- छठे मंदिर की राष्ट्रपति राजेंद्र प्रसाद द्वारा प्राण-प्रतिष्ठा।

सन १९६५ :- ध्वजारोहण और कलश प्रतिष्ठा।

सन १९९५ :- शंकर दयाल शर्मा राष्ट्रपति द्वारा नृत्य मण्डप पर कलश प्रतिष्ठा।